与一万个城市擦身而过

陈楠NanC 作品

中國華僑出版社

图书在版编目（CIP）数据

与一万个城市擦身而过 / 陈楠NanC著.—北京：中国华侨出版社，2016.9

ISBN 978-7-5113-6290-2

Ⅰ.①与… Ⅱ.①陈… Ⅲ.①随笔—作品集—中国—当代 Ⅳ.①I267

中国版本图书馆CIP数据核字(2016)第215966号

与一万个城市擦身而过

著　　者：陈楠NanC
出 版 人：方　鸣
责任编辑：附　离
封面设计：沐希设计
版式设计：UPPER LIMIT ↑ LZW1127
经　　销：新华书店
开　　本：700 mm × 880 mm　1/16　印张：18.5　字数：210千字
印　　刷：北京市雅迪彩色印刷有限公司
版　　次：2016年11月第1版　2016年11月第1次印刷
书　　号：ISBN 978-7-5113-6290-2
定　　价：39.80元

中国华侨出版社 北京市朝阳区静安里26 号通成达大厦3 层　邮编：100028
法律顾问：陈鹰律师事务所
发 行 部：（010）82068999 传真：（010）82069000
网　　址：www.oveaschin.com
E - mail ：oveaschin@sina.com

序

Dear:

这本书从2013年夏天开始一直写到2016年年初，比难产还夸张，它伴随着我的生活与一次又一次的旅途，在凌乱却可以随心所欲的家里、在安静得只剩下发动机噪声的飞机上、在帕多瓦开往威尼斯的火车上、在简单却充满爱的民宿里，我断断续续地记录下来的一些细碎片段最终成为了你手里捧着的它。我更愿意将它称为一本杂记，虽然从头到尾都是不那么美丽动人的字句和一些碎碎念，但都是从我心窝里掏出来的，我甚至会有那么一些不安全感，仿佛自己把自己的皮一层层剥开来展现给众人。

2011年看过一本叫《吸引力法则》的书。那会儿我刚进入摄影领域，在一家公司当摄影师。我一无是处，没几个人知道我，也没多少人认可我的摄影作品。我只去过国内的一些城市旅行，国外也只去过非常近的越南。也不知道哪里来的勇气，我按照《吸引力法则》给宇宙写了一封信，关于我的梦想，列了五个未来想要实现的目标，这是一张世俗的清单，没有高尚的的理想。

此刻还没有完全实现它们，实在不好意思将它拍下来PO给大家看。第五个写了我所期待着能与我一起勇敢地追求一切，共同面对生活的美好与苦难的那个他的模样与细节；第四个是有能力实现却至今还未实现的目标，我依然是个体重在100斤左右浮动的小胖妞儿，和目标数字永远差着10斤。当我在几年后翻开这封信时，我诧异地发现另外三个目标竟然在不知不觉中实现了。第三个目标是想要到达的旅行目的地，西藏、内蒙古和尼泊尔、越南、法国、意大利、日本、韩国、希腊等，这几年除了写下的这些目的地留下的足迹，我带着相机去了更多的地方，拍下了更宽广而美丽的世界。第二个目标是开一家杂货铺，出售我在全世界各地淘来的物件和衣服，在2015年时我开了淘宝店铺算是实现了这个愿望。第一个目标此刻正在实现，我写着“出版一本书，贴满我的摄影作品”，在前途未卜时给自己设立了这个当时觉得遥不可及的目标。两年后有编辑找到我，想要我写一本书。我忐忑地告诉她，我不会写字，写书对于我来说压力很大。但我从来都是要尝试过后才肯认输，因而答应邀约并开始尝试写书。

我把这本书当作第一阶段人生的一个交代。讲旅途中发生的故事，生命中不可或缺的人，又或是如何入门摄影。书中有很多我自己出镜的照片，我特别感谢认识的那么多优秀可爱的摄影师，能够为我记录下那些弥足珍贵的瞬间，也很感谢和我一起旅行不会摄影的小伙伴能够忍受我对画面极度苛刻的要求，帮我拍摄出这些美照。

还有一些旅程我会带着妈妈，我给她拍照再教她如何帮我拍摄，她的摄影水平也有了大幅度提高。然而她不会英语，出国就得什么事都听我的，出国前我负责定好行程、机票和酒店，甚至帮她搭配好衣服，我们在旅途中偶尔也会有争吵，就在前不久刚刚结束的日本赏樱之旅就发生过矛盾。

我特别喜欢民宿的老板娘知香子，60多岁的她热爱生活，一针一线地做了毛线玩具作为小礼物送给每一个旅客。她特别爱笑而且经常哈哈大笑，不去计较这样一笑会增长多少皱纹。我入住的某一天下午，阳光穿过窗户外的小桃树将客厅照亮，知香子坐在钢琴边弹奏乐曲，她的老伴坐在沙发上吹着长笛，8岁的Coco泰迪狗蜷在沙发上静静地望着主人，整个客厅被音乐和阳光包围，那一刻空气都好像凝固了。这幅画面和我想象期待的太相似——在年老时还保留着一颗难能可贵的童心去生活，和爱人共同走过荆棘，看过彼此最邋遢、不堪一击的丑态后还能继续相守陪伴。

我独自出门为新人拍摄婚纱的那几天，知香子无微不至地照顾着妈妈，邀请妈妈和他们一起共进早餐与晚餐。为了向知香子表达谢意，我在奈良的商业街店铺买了漂亮的樱花玻璃水杯和樱花小铁勺作为礼物送给她。因为送礼物这事儿，妈妈和我争吵起来。她认为我没有必要给房东送礼物，送了礼物也没有回报，并且每天都付房费。我告诉她，我只想表达谢意不求回报，而且知香子做了很多超出房东范围的事，送她礼物我会很开心，也会心安，而不会觉得自己欠别人些什么。

在无数次的旅途中，我当然没有一帆风顺，遇到过困难但都是陌生人不求回报地伸出手给予我帮助，正是生活与旅行教会了我如何抒写“感恩”，世界是矛盾的，我只想尽力记住它的美好。

如果你看到书里的照片并想知道拍摄地，或是想吐槽某篇文章甚至整本书，欢迎扫描二维码来骚扰我。当然我更希望它能在枕边陪你做一个好梦。

NanC

2016.04.10

目录
CONTENTS

Part I 定格

Part Ⅱ 留书

Part Ⅲ 光影

Part I
定格
freeze-frame

1

台湾

台南 ——《少女的祈祷》

在天色渐黑的傍晚，当你听到那首温婉优雅的钢琴曲《少女的祈祷》响彻台湾的大街小巷时，你会看到一个神奇的现象：一辆播放着乐曲、闪烁着黄灯的黄色卡车出现前，有人已经站在街边，和左邻右舍拉家常；有人听到音乐响起，拎着几个口袋从巷口冲到车前，将它围得水泄不通。

只有在台湾，你才能亲眼目睹当“垃圾车神曲”由远及近响起时，市民们乐此不疲地将分类装好的垃圾袋扔进车里不同的垃圾筒内。为什么偏偏是这首《少女的祈祷》？据说当年台湾卫生主管部门的领导许子秋正在为挑选垃圾车的音乐犯愁，正巧听到女儿在练习弹奏一首曲子——波兰女钢琴家巴达捷芙斯卡在 18 岁时写的《少女的祈祷》。这首曲子采用主题与变奏的形式谱写，时而温婉清新，时而又有一丝伤感，犹如一位少女跪在神圣的教堂里，虔诚地向上帝祷告。许子秋听得入迷，《少女的祈祷》就被定为台湾垃圾车播放曲目，从此穿街走巷，家喻户晓。

第一次去台湾时，见到的垃圾车都是清一色的黄色大卡车。直到第二次在九份，当太阳落山，喧闹的游客慢慢散去后，一辆面包车大小的黄色 mini 垃圾车

LOUISA
愛丁堡
女王紅茶
$35
現萃茶品
$35
Brown Sugar Macchiatto
黑糖雪點咖啡
$50
Brown Sugar Milk Tea
黑糖雪點奶茶
$45
FRUIT TEA
鮮榨水果茶
100%新鮮現榨
$40
$35
$35
$35

出现在崎岖的石板路上。我再次听到了旋律优美的乐曲，看到了熟悉的场景，还是在人比风景更动人的地方遇见的。

第二次台湾之行，仍然是在炎炎夏日，和最好的死党阿勋从台北到九份，从九份到台南，从台南到垦丁，从垦丁到花莲，整整半个月我们俩走马观花地来了一场环岛旅行。

阿勋是我初中时就认识的好友，一个单纯善良没心眼儿到有时候我都看不下去的姑娘，阿勋的性格好到不会拒绝别人的任何要求，有时候对她是一种恨铁不成钢的无奈心情。她总会耐心听我吐槽抱怨，大概她那里保存了我最多的秘密，就像一本活的带锁日记本，而我总会毫无忌讳地揭她的短。

初中月考完，我会在阿勋面前抱怨自我感觉一点儿也不良好，完蛋了！！这次一定考不到前十名！！她默默地听着我吐槽，结果大部分时候我的分数都比阿勋高一些。

那会儿读书竞争特别激烈，而她知道谁给我写过情书，她帮我传话拒绝别人，还会安慰被拒的男生。我和她会在放学路上分享每一天遇到的高兴或是难过的事。周末串门，在深夜入眠时躲在被窝里轻声地讨论着各自喜欢的男生。

我们闺密的关系好到让妈妈怀疑我们俩是不是同性恋，因为大学毕业面对妈妈的催婚唠叨时，我竟然顺口而出“没结婚的话，以后我和阿勋互相照顾”。或许再也没有第二个这样的闺密可以让我肆无忌惮地发牢骚、不必担心是否因为没有随时联系而变得生疏。和阿勋一起旅行，我可以厚着脸皮没有心理负担地让她一次次地比照着我给她拍的照片为我拍摄。不用担心旅途中会有摩擦与争吵，不用小心翼翼与揣摩猜测对方的心思，因为我们一直是以真实的自己出现在彼此的生活里。

我们这一趟的旅行目的一点儿也不高大上，看到喜欢的景、拍下好看的照片、吃到了一碗黑糖布丁刨冰、买到喜欢的小物件都可以让我们高兴一整天。在我们提前查阅的美食攻略里，台南有很多家百年老店都上榜了。听说台南还有很多老房子和旧街，我对旧物件、老街有着莫名的好感，因而这次旅行在台南停留的时间最长。台南也是我最期待的一座城市。

我们在台南订了一个隐秘在弄堂里的民宿。台湾的民宿遍地开花、分布广泛，大部分民宿都没有招牌，由私人住宅改造，因而也比酒店公寓多了一份家的温暖。一般房东不在民宿里住，所以需要提前告知房东抵达时间，房东会把钥匙送到民宿那里。民宿的位置不是很好找，不过一点儿也难不倒方向感比较强的我。几乎没有绕路，跟着地图指引，我俩拖着行李箱从台南火车站步行了十分钟左右就顺利找到了预定的民宿。小庭院门口放了一张上了年纪、长着皱纹和裂缝的木桌与几把椅子，娇艳的丽格海棠和多肉植物将庭院包围起来，我们驻足在门口还没有来得及看够眼前的小景就被打断了："欢迎你们入住哟，行李放着我帮你们搬嚯。"眼前这个清瘦的戴着黑框眼镜的大哥就是之前一直通过 E-mail 和我们联系的房东。我们住在三楼，没有电梯。房东帮我们把两个 26 寸的箱子挪到了房间里，随后他耐心而负责地为我们介绍房屋内的设施、电器和一楼公共区域的酒吧，他带我们到吧台告诉我们这里的胶囊咖啡机也是可以免费使用的，有各种口味的胶囊咖啡选择，担心我们不会使用又演示了用法。随后他拿了一张手绘台南地图，热情地为我们推荐特色景点与小吃。"这条街叫正兴街，有家冰激凌店特别火。周围还有几家咖啡馆也很不错哟。旁边街上有很多家百年老店的小吃都值得尝试下。""如果想了解历史文化，推荐你们到安平古堡、神农街去逛逛！"房东的热情没有刻意，似乎都是自然而然的，不会让人觉得有负担。回想自己去台湾的几次，运气都还不错，遇到、认识的台湾人都是热情、乐于助人的。

第一次来台湾的时候，朋友把他认识的台北人以静介绍给我认识，因为同是摄影爱好者，所以大家很快聊到了一块儿。我初到台湾时问过以静，什么牌子的凤梨酥比较好。没有想到在台北见面时，他递上一盒土凤梨酥给我。聊天得知以静的本职工作也是律师，刑事方面的律师。我笑称在台湾做刑事案件律师会不会失业，因为台湾人给我留下最大的印象就是礼貌和秩序规范，至少我在台湾还没有遇到过坏人。大陆很多火车站时常是发生失窃、拐骗、抢夺的场地，而在台北火车站，我曾诧异那个背着双肩包的高中少年转身就把行李箱放在休息区，径直走到几十米远的便利店买饮料，这一路几十米头也不回地就那样安心地把行李箱搁在身后，换作是在闸北火车站估计行李早已经丢了。在最爱的一家甜品店

Icemonster，我把相机包连同相机忘在了座椅边，半个小时后回到店里相机与包完好无损。带着新人到好看的店铺里拍照，店主挪出椅子让我们休息喝口茶并送上糖果祝福新人，与他们聊天似友人再聚。预订房屋或车辆不方便支付定金，老板仍然会信任地为你保留预订，让我不用提防被盗被抢被骗。只管安心去旅行的地方并不多，充满浓浓人情味的台湾便是其中一个。

以静得知我会去台南，又把他的一个高雄摄影师朋友Joe介绍给我。高雄离台南只有半个小时车程，我和阿勋跟Joe约好了在离开台南的最后一天碰面。Joe瘦瘦黑黑的，一看肤色就猜到是时常拍摄外景的摄影师。Joe告诉我，他这几天在脸书(Facebook)上看到朋友转了一组照片，画面特别震撼，和摄影师们讨论那个地方和那组照片。以静也在其中，他告诉大家：“这个摄影师最近来台湾了耶，我跟她有联系。”我好奇地问Joe是哪一组照片，Joe说：“我看上面写的是色达，真的有那么神奇的地方耶！而且没有想到那么巧，正好看到一组特别喜欢的照片还能有机会在自家门口跟照片的主人认识见面。”Joe带着我们跑遍了台南的大街小巷，如果没有Joe带路估计我们会和海安街的蓝晒图、神农街最古老的一家铺子永川大轿无缘。从中午到晚上，吃过了至少五家店，Joe 遗憾地说可惜时间太短，还有很多台南特色的小吃店都没机会带我们去吃。晚上的最后一顿是眼镜仔鳝鱼意面。它打破我初次听到时对它的所有幻想，竟然长得和方便面差不多！我一直以为是炒鳝鱼意大利面，中西结合混搭风格。而当老板端上来时，才恍然大悟此意面非彼意面。在民宿门口我和Joe 道别："希望下次有机会在四川接待你，欢迎你到成都来玩，对了，那里还有震撼你的色达呢！"而后来每次去台湾，我依然会和认识的台湾朋友们联系，聊聊"今年计划去哪些地方旅行""哪里有好看好吃的"等这些再日常不过的话题。

台南大部分民宿没有早餐提供，我和阿勋在台南的时候总会搜寻附近的早餐店，只要拐出弄堂口就有各种美食摊点。附近有一家被我戏称为"民间巨无霸"的汉堡摊点，我们连续吃了几天。老板不慌不忙地把用炭火刚烤好的牛肉或者猪肉配上新鲜的生菜和番茄片放进巨大汉堡里，根据顾客的喜好撒上胡椒粉或是番茄酱，亲眼看到食物的制作过程，那份等待、渴切的心情比吃上它时还要愉悦。这个只要 6 元人民币的汉堡用料实在，肉块足足有 1.5cm 的厚度，整个汉堡大到你无从下口。而在台湾类似"民间巨无霸"的小商铺多得数不清，它们或许有百年历史，但味道、食材与做食物的那份用心与情感都不曾改变过，你要知道，只要用心做的食物，味道都不会差。这些不曾改变过的美味，当你多年以后再次故地重游吃到它，就能回忆起那时的心情、人物与故事。

做人其实和做食物有着相似之处，对人处事都用真心去对待，那份真诚的心对方是能感受得到的。台南的出租车需要电话预订，街上随手一招的出租车非常稀罕。因此我和阿勋只能乘坐公交车去安平古堡。到一个城市旅行，至少我会坐一次公交车，因为那里是一座城市的浓缩，和菜市场、超市一样充满了市井味道。阿勋和我一前一后地坐在了车厢尾部，上来了一位白发苍苍的老奶奶并坐在我旁边。老奶奶穿着碎花雪纺的连衣裙，是 20 世纪七八十年代特别流行的款式，也是现在我迷恋的 Vintage（复古的）连衣裙。她用当地话和我打招呼，我微笑着用普通话告诉老奶奶我听不懂。她好奇地问："从大陆过来旅行的？""嗯，这是

電器
精品服飾

我第二次来台湾，我特别喜欢台湾。”老奶奶一个劲儿地对着我夸阿勋：“后面的姑娘是你朋友吗？她好白，皮肤真好。”我知道老奶奶的潜台词是想说我比阿勋黑很多。初中时，我每天骑四趟自行车往返家里和学校，从来没有戴帽子撑伞，也没怎么听过关于防晒和减肥的话题，到初二时成了又黑又瘦的“非洲难民”。只要我一站在阿勋旁边，就更显黑。“那是因为我在旁边，更加衬托了她的白。”我一边说一边冲阿勋吐了下舌头。话匣子打开了，我和老奶奶一路上都在聊天。

出发来台湾前，阿勋就被骗走了一大笔钱，可不是初中那会儿被骗的一百元，并且是因为我，阿勋才被骗了。我带妈妈在泰国旅行时在QQ空间发了一条定位的照片说说，第二天有几个朋友QQ留言告诉我，有人盗用我的照片冒充我添加他们为好友，并且让他们打款给虚构的旅行社帮我买回程机票。这几个朋友都识破了骗局，因为平时也很少联系，所以骗子没有得逞。我在QQ上更正了签名让大家注意别相信任何借钱的留言，万一谁会上当呢。脑海里闪现过阿勋，后来又打消了念头，她应该不会被骗吧，9600元的机票钱可是一笔不小的数目。过了十几分钟，微信响了。阿勋急促地打了几句：“问你个事，刚刚你在QQ上吗？”“你让我打款给高经理买机票了吗？”这个傻妞果然就这么轻易地上当了。“你怎么就那么一根筋？也不打我电话或是语音跟我确认一下？”“我才睡好午觉，也没多想，担心你买不到回程的机票所以就那样打款过去了。”“这次的教训应该会让你长记性了吧？唉，什么时候才能开窍啊！姐姐。”

我的内心充满了愧疚感，欣慰的是虽然那个大傻妞被骗走了近一万元，但是她对我绝对是真爱。“这样吧，你以后的婚纱照片我承包了，不管几次，我都给你免费拍。”阿勋发来一个小丸子仰头傻笑的表情回应了我的提议。

大部分的人是温暖的，阴暗虚伪的人毕竟是少数。无法苛求大大的世界是纯净美好如童话般的存在，即使童话里面也有恶毒的皇后。只愿能够守住我珍惜的小世界。

垦丁 ——新郎一手操办

我在垦丁，天气晴。那对我遇到过的最有趣的新人加入后，阿勋的内心估计下起了瓢泼大雨，也许，还混杂着电闪雷鸣——收工之时，我们看同一颗太阳从海平面落下去，却已经看不到彼此了。

波哥和小米，一出场就是“有趣的一对”。那年我回成都的间隙，一位新郎约我谈拍摄事宜，新娘竟然没有出场。从讨论拍摄到准备婚纱和发饰全部都由新郎一手操办。

垦丁大街，第一次与新娘见面时，小米娇小可人，声音稚甜；波哥则 1.8 米的身高，一口标准的普通话。我的第一感觉是这一定是东北男生和南方小女生的搭配。然而波哥来自五粮液的故乡四川宜宾，小米则来自距四川 3000 多公里远的冰雪城市哈尔滨。

他们是大学校友，同校不同专业。波哥相貌端正、身材匀称，即使在一群男生中也算是容易被找到的。小米则和同寝室的姐妹整天混迹各种四川小吃店，对于女生群里常议论的帅哥靓男并不感兴趣。

小米回忆，第一次见到波哥是在学院的拔河比赛上。总算看到姐妹们常提的帅哥，波哥在拔河队列的第一个位置，小米想走得近一点儿看个清楚。刚刚挤到人群前面，比赛就开始了，小米看见的是一张涨得通红的、因用尽全身力气以致五官扭曲的脸……嘻哈过后也就没有在意了。

第二次，两人因为一个小小的恶作剧有了对话，也正因这个恶作剧，成为了两人缘分的起点。

有一天晚自习下课回到寝室，快到熄灯时间，男生寝室还不会那么早安分，大家还在聊天、打闹。这时寝室电话铃声响起，是找波哥的……

电话那头是一个女生的声音："是周波吗？"

"是啊，您是哪位？"波哥好奇地问。

"你别管我是谁，我有个问题要问你。"

"哦，好啊，请讲。"波哥心里猜应该是班里的女同学，但又听不出来是谁。

“你有女朋友吗？”问题从电话那头脱口而出。

问题来得太突然，波哥迟疑了两秒，答道：“没有……”

听完波哥的回答，电话那头清晰可听见几个女生嬉闹的笑声。嬉笑完，那女生带着嘲笑的口吻说道：“难怪你没有女朋友，你长得那么丑……”说完，就挂了电话。

…… ……

第二天，几乎是同一时间，寝室电话铃声又响了起来，室友小心地把电话递给了波哥，几个兄弟也以期盼的眼神看着波哥，好像大家都希望发生点什么。

波哥接过电话，弱弱地问了一句：“哪位？”

电话那头似乎是一个小妹妹在说话：“是周波吗？”

“我是。”波哥心里在等下一句对方要说什么。

“昨晚，我们是跟你开个玩笑而已，你没有生气吧？”女生声音脆亮而甜美。

…… ……

第三次，他们在学校电子阅览室见面。

经人介绍，波哥准备接手小米的座位，一边笑着打量这个小米，心想，这分明是个初中生。

小米下机的时候跟波哥寒暄了几句，就把位子让给波哥了，波哥一边笑颜感激，一边莫名地感觉：“这女生好像有几分眼熟，总觉得跟其他女生有什么不同。”

小米见过波哥后，心里闪过一瞬念头：“这个男生一定会成为我生命中重要的人。”

…… ……

波哥不抽烟、不爱酒、英文怎么学都学不好，格外喜欢看电影。小米不化妆、不爱香水、一边玩一边学习，成绩依然很好，着装风格一直是卡通衫。

在台湾的旅途中，小米津津乐道她大学时期对付波哥的办法。

波哥理性，小米刁蛮。很多次两人因一些“上纲上线”的事儿斗嘴、赌气。小米在波哥面前惯用眼泪和伤心扮演着“受害者”。大男子主义的波哥常常忘了“女生是需要哄的”这条千古不变的真理。两人理论不分上下，就各自回寝室了。

回到寝室后，波哥总会情绪低沉，做什么事都提不起兴趣，连吃不吃饭也都无所谓。在波哥寝室，有一个男生特别“文静”，女生缘也很好，于是成了小米的探子。该朋友就会把波哥的状况发短消息给小米。

小米在回到寝室前，眼泪就早已经干了，就像什么事儿都没发生，和姐妹们有说有笑，等着探子发短信来汇报。小米觉得跟波哥吵架后心里委屈了，就应该多吃点好的弥补弥补，所以吵架后小米的用餐会异常丰富。

第二天，波哥气消了，通常会打电话邀小米去吃饭，波哥心里估摸着，她受了委屈肯定也没好好吃饭，不管怎样请她吃大餐去。两人见面时小米一副委屈可怜的样子又挂脸上了。就这样，小米每次吵架后都要吃两次大餐……

这个秘密连同寝室的姐妹都不知道，两人结婚后，小米才告诉波哥，每次提及波哥就喜欢掐着小米脖子，说：“叫你装可怜，叫你装委屈。”

小米快要毕业的时候，波哥做了一个突然的决定，准备辞职和同事到北京创业。波哥把这个决定告诉了小米，小米心情很矛盾，一方面说服自己只要两个人初心不改，等波哥回来一定会实现诺言；另一方面不断鼓励波哥放心去北京好好干，不要担心自己。

2014 年 1 月，经过十年，波哥和小米走进了婚礼的殿堂，波哥定制了一场迪斯尼主题婚礼。不管外界的纷纷扰扰，两颗纯真的心一起相守童话山。

垦丁的气息，就像为他们定制的一样。这个台湾最南端的小镇，几个世纪以来，一直被海水浸润着，成就了林木茂密、草地葱茏的原始生态。垦丁大街的夜晚热闹得过分，不用走路就会被后面的人群推动着。相比热闹，我更爱垦丁的宁静壮美，踏进龙磐公园，看到净化的图像和收敛的人迹，心情豁然开朗，目光所及只有纯净的自然色，让人舒适从容。

在为小米化妆期间，波哥从口袋里翻出几朵头花问我哪一朵好看。小米惊呼：“呀！头花也帮我买好了！”我和阿勋比小米还要惊讶，竟然有这么可爱的一对人，新娘从头到尾不用操心拍摄和服装，全都由贴心的新郎帮她准备打理好。小米乐呵呵地告诉我：“你知道我的口头禅吗？每次波哥做菜，我想帮忙的时候，他总会让我别来插手，我就转身拍掌大呼一句：‘哦！玩去了！’”

我们把拍摄主线放在了垦丁的各个自然景点，之前我问过摄影师Joe，以他的拍摄经验告诉我，垦丁最美的日落在白沙湾。我用 Google 地图查阅线路，显示白沙湾距离垦丁大街 6km 左右。因而只计划了半个小时的路程，顶着灼热的阳光费力地骑了 5km 后，完全不见大海。我和阿勋跟在新人的电瓶车后面，路过店铺时，我拿着地图去询问当地人。“白沙湾？！你要骑自行车过去吗？！我给你讲噢，远着咧，这里到白沙湾有 16km！估计要骑一个多小时。”我又一次被 Google 地图骗了，它测量出的 6km 是直线距离，除非游过去。

落日不会停留。沿海公路边，我奋力地骑着自行车，新郎载着新娘骑着电瓶车紧随我身后，最后则是阿勋气喘吁吁地蹬着自行车追赶着我们。她骑自行车的技术特别烂，才学会骑自行车那会儿，我们去泸沽湖租自行车游玩，我担心她技术不好，只租了一辆自行车，一天往返近 30km 的路程我都载着阿勋。

没有退路，我和波哥、小米商量说，我们尽力骑，尝试看看能不能在日落时赶到白沙湾，如果赶不到，我们在路边附近找合适的地方拍日落。于是我加快了速度，任凭汗水滑过脸颊，像自行车比赛一般猛骑，不小心骑到了最前面。小米拽着波哥说："你快追上 C 梦！快点！你电瓶车怎么比自行车还慢呢。"波哥努力地骑，发现电瓶车是限速，最快只能达到 20km/h。我望了望身后，阿勋已经骑得筋疲力竭、满脸通红，距离我们有快 100m 的差距，我们停下来等她。这样重复等待了几次后，我只得狠心地决定自己和波哥、小米去白沙湾，不再等阿勋。因为太阳越来越靠近地平线，我担心在日落前到不了白沙湾。和阿勋匆匆地道别，自行车和电瓶车又上路朝着白沙湾的方向追日落去了。

由于拍摄的几个地方有一定的距离，垦丁没有方便的公交系统和随叫随到的出租车。这里很流行租电瓶车环岛，虽然我初中时就会熟练地骑自行车，却从来没有骑过电瓶车。我和阿勋保守地一人租了一辆脚踏车，波哥和小米的交通工具则是一辆电瓶车。

这也是我最艰辛的一次追日落。在疲惫散架的时刻，踩在细细的白沙上，为新人记录珍贵的画面，守望太平洋那一端的太阳。它发散着余晖，用最后的光芒渲染着天空，从橙色渐变过渡到蓝紫色。2013 年盛夏，和最好的朋友，一起迎着湿润的海风，看同一颗太阳，把烦恼丢进太平洋。

花莲 ——忘年之交

我想有许多风景，都是在路上才能体会得到的。摆好相机，调好快门，找好角度拍出的美照带来的欢愉，远远超出了照片和景色本身。若干年后，你会忘记这个地名、这个场景，却永远忘不掉这一瞬间的经历，以及体验这一场景与画面时的心情，重要的并不是这里的景，而是在这一时空下能感受到的心爱之人的牵手、友人的嬉戏、当地景色与风土人情带来的感动与欣喜……这些正是生活在彼时彼地的鲜活证据，是置身其中的文化景观，这大抵就是旅行的意义吧。在花莲，就莫名地带给了我如此多的感动与欣喜，实现了我台湾之旅的意义。

为了找当地特色的葱油肉饼店，在盛夏的午后绕着城穿街走巷，走了 2 个多小时；为了找当地的蛋糕店去品尝最地道的芝士蛋糕，又折回走

了 2 个小时，4 个多小时、来回 20 多公里的暴走，让我彻底与这个城市有了深度的融合。我看到了老字号装修古朴的门店却有着极其地道的味道；看到了一群中学生在店门口排队等候并聊着他们的校园、他们的青春；看到了夕阳打在两层民房堆积起来的小巷里折射出美丽的落日余晖；看到了戴着安全帽和手套，以及把手臂、腿部都裹得严严实实骑着机车追落日的台湾人民。在这个并不繁茂的古老城市里，处处充满了作为古朴诚恳的台湾人民所特有的温情，无不让人流连忘返。

花莲的海湾不同于宫崎骏笔下的九份海湾那样地如影如幻，也不同于李安导演拍摄电影《少年派的奇幻漂流》时的垦丁海湾那样地开阔寂寥。相比之下，花莲海湾显得更加低调内敛，却也更加贴近花莲人民返璞归真的生活状态。在花莲的海湾，不像热门景区那样拥有大量的游客，看到的更多是形状各异、大小不一的石头堆在浅滩上，海边的运动场里沙滩排球场、篮球场等公共健身设施一应俱全，吸引了很多当地人在此锻炼，离海滩较远的地方有工业运输的船只和远远的灯塔，呈现出一派静雅闲适的生活景象。阿勋与我被这个场景所感染，于是我们带着走了很远才买到的芝士蛋糕，就着啤酒，坐在满是石头的花莲海滩上畅饮闲谈。那天正值阿勋生日，我们点燃了蜡烛，在异土许下生日愿望，然后把酒言欢，高谈阔论，回顾起相识 13 年来的点点滴滴，共同经历过的生活、情感、相识的人与青春，见证了彼此的成长，从落日在海岸线退却，夜幕降临华灯初上，再到黑幕笼罩海港的灯火交相辉映，一起畅聊了很久很久，浅浅的海风拨动着长发，以及抬头即视的漫天星空成为了我们青春的见证。

会把花莲作为我们台湾之行的一站目的地，或多或少与我的忘年之交 T 有关。T 是个朴素诚恳的花莲人，35 岁去日本留学，结识了他现在的妻子——一个重庆姑娘。临近毕业时，T 征求妻子的意见回国去哪里，妻子说想去北上广这样的大城市，又或者是他成长的台湾。T 想到妻子的父母远在家乡等着盼着他们回来，于是他对妻子说，我们家一共有六个兄弟姐妹，我是最小的，父母出了状况还有上面姐姐们照料，而你们家就你一个女孩儿，你是他们的心头肉，还是离他们近一点儿吧。后来，T 放弃了自己的故乡，也放弃了大城市发展的机会，毅然决然地跟随妻子去了她的故乡重庆，作为一个台湾人在大陆开始了他那绵长而磕磕碰碰的生活。T 是我所见过的男人中最顾家、最把家人放在心里的。有一次天下着大雨，T 在工作间隙给妻子打电话，说起孩子的饮食起居问题，快挂电话时听到 T 问妻子，今天下大雨出门带伞没有，并叮嘱妻子早点回家。那轻声细语的暖暖问候的瞬间让整个阴雨绵绵的沉闷午后变得无比畅快和惬意。当我踏上 T 的故土，看到浅浅的花莲海湾、无时不洋溢着热情的花莲人民，听到肃穆典雅的将军府的驼铃声，坐在古朴安静的光复糖厂废旧火车上吃冰品时，T 语气温柔、言辞恳切的男中音，那日他与妻子在电话里的相互问候，以及那些与 T 相处的点点滴滴鲜活的画面都如精灵般跳了出来，让我再一次深刻体会到 T 所生长的故土是多么真实而活泼。花莲就这样亲切地浮现在我的眼前，占据了我的视野，在我的心里留下了一辈子都无法忘怀的烙印。在花莲我还是不忘给T寄了张明信片，上面写道：这个城市的痕迹，就像你带给人的点点滴滴，真实、诚恳、温暖而不浮夸。

每座城市的美食，都雕刻着这座城市人民生活的轮廓。九份滑嫩筋道的芋圆，晶莹剔透如同九份海面上折射的光点；台南浓汁实诚的卤肉饭和卤味，在古旧低矮的街道之间散发着浓郁的香气。或许是因为花莲这个城市的清新质朴，或许是因为花莲港湾里浅浅的海风，又或许是这座城市低调的华丽，使得它通透的美食都渗透着浓浓的心意。有经过多道工序包装精美的麻薯，有吃起来劲爆可口过瘾的刨冰，而令我印象最深的还属内藏芋圆、外包蘸有焦糖碎冰的苞芯粉圆，被焦糖冰碴冰得过瘾之后，竟意外感觉到芋圆的韧劲儿，冥冥之中必有惊喜，吃起来爽口甜美，就像夏天吹过的咸咸海风。或者是在盛夏的烈日下暴走三四个小时之后，或者是傍晚与爱人牵着手散步之后，又或者是孩子们温习完功课放学回家的路上，他们都三五成群地聚集在街边的小摊边围坐着，就着解渴避暑的冰品互相聊天说笑，周围的路人和行驶而过的车辆仿佛都慢了起来，时光静静在身后流淌，温暖了你我。

在花莲所有的自然景观和人文景观里，最让我沉醉和迷恋的还属花莲的民宿。低矮古朴的日式三层民宅坐落在曲径通幽的小巷里，安静沉寂到让人只想慢下来走路、慢下来吃饭、慢下来感受邻居遛狗的场景，这分明就是我所向往的那个与世无争的世界。我们所入住的那栋低矮的民宅的第一层是复合式木门，门厅里是一排鞋柜，脱鞋后走进去，一整套的木制家具吸引了我。楼上便是各种类型的客房，楼下负一层是厨房和餐厅，餐桌旁的木柜里摆放着各式古旧的物品，老式电话、老式厨具等，渗透着主人的品位和涵养。这间民宿因其在微博上的推广和宣传，在大陆具有广泛的声誉。除了家具和装修得古色古香以外，民宿老爷爷的热情主动也给我们留下了深刻的印象。老爷爷以前是当兵的，大儿子在台北做律师，另一个儿子就和他们一起生活，打理这个民宿。比起民宿的称呼，我更愿意称这里为“家”。他就像久违相识的长辈一样关心我们的饮食起居，护送我们到各个景点，边走边讲述花莲千百年的历史变迁和这儿的人文风情。爷爷开着他的小车载我们去自强夜市，他告诉我们，这里的人们夜里睡觉即使不关大门，好几天也会相安无事。夜不闭户，路不拾遗，老爷爷随性的语言和坦诚的话语里，无疑展示了花莲淳朴的民风。在这里，你总是能看到低声谈笑的花莲人低调、善良地生活在这座静谧的城市中；在这里，你总能看到各式各样与文化有关的门店，它们都默默地诠释着这座城市的安静与内涵。临走时，民宿老爷爷开车送我们到火车站，一路说笑透露着点点温情与不舍，爷爷抢过我手里正准备从后备厢里拎下来的行李箱，嘴里嘀咕着“这种事情怎么能让小姑娘做呢”。我们何尝不心疼老爷爷，也不愿他帮我搬箱子。道别时，他不止一次地跟我们说，下次一定要带着男朋友过来。在车站，手里攥着他给的花莲美食和礼物，抬头朝这个城市最后匆匆一瞥。再见了，这座让人流连忘返的城市；再见了，亲爱的友人的故乡；再见了，纯朴低调的花莲人。

越南

所有的攻略就是地图

第一次出国自助游是与Ting结伴而行。Ting是我很小的时候就认识的朋友，外表看起来永远都像还未毕业的高中生，内心也是个单纯简单的姑娘。我们俩都是天秤座，为了决定一顿饭在哪里吃可以一直从中午讨论到晚上，直到饭点前都还没讨论出结果。

两个星座一样的人在一起，一定会把随性发挥到极致。第一站出国自助游目的地选在了东南亚。出发前两周临时决定想要去越南，递交了签证，直到出发前几天都还没有做详尽的攻略，唯有一张用水笔画好的城市线路图。Ting用可爱的字体在A4纸上标记了我们此行打算去的城市和线路距离，成都—南宁—河内—岘港—会安—芽庄—美奈—胡志明市，所有的攻略就是这张地图。

短短六节红色铁皮车厢，这是第一次乘坐国际列车。车厢里依然是亲切熟悉的普通话，空气里能嗅到特有的卧铺车厢味道，闷不习惯时就会特别怀念能够随

WORLD
THE WORLD
HOTEL

时敞开窗户让自然空气灌满车厢的绿皮火车。为了安全，我们购买了上层和中层的卧铺。睡觉时也是把书包肩带紧紧地拽在手里，凌晨 2 点多被叫醒。终于出境抵达越南凭祥，拖着行李下火车，边检人员一脸严肃的表情，会讲几句中文，他们用拗口的拼音读着我们的护照本，把敲完章的护照发放到我们手里。就这样，护照上有了第一个出境记录。

凌晨 4 点，天空淅淅沥沥地飘着雨丝，昏黄的灯光、破旧的火车站、一扇开着的铁门走出去就算出了河内火车站。天依然未亮，湿漉漉的地面被雨水、灰尘和脚步踩踏以后更脏了。越南初印象一点儿也不美好，听说它是一个越往南走越美丽的国度，我们依然带着期待一路南下。

美奈 ——面朝大海，我有一间房

未去越南之前，我对它的印象充斥着矛盾。脑海里一半是茂密的热带丛林、浪漫的法式风情；另一半则是呼啸而过、满街穿梭的摩托车。很难把杜拉斯小说里如电影般唯美的场景与越南纪录片里的狭窄街道上满是飞驰而过的摩托车场景联想在一起。然而却是一座小镇美奈，让我至今流连忘返。

初见美奈时的温柔

美奈，位于芽庄和西贡之间，紧靠海滨城市潘切，其实西贡就是胡志明市，我更喜欢称呼它为西贡，仿佛西贡是个能一眼望穿岁月的名字。从芽庄或者西贡到美奈的车程要 4 小时到 6 小时。这个小小的渔村被一条环海公路分割成了两半，整个渔村的村民基本都以捕鱼为生。当地人将美奈分为三个区：西区、中区和东区。西区拥有众多的豪华度假村，同时还有许多开放的沙滩。中区最大的标志就是公路两旁高耸的椰子树，这一带拥有众多性价比较高的海景房，众多驴友知晓的“新咖啡”旅行公司也位于中区。东区是指从美奈渔村到小集市这一带，靠近红沙丘、白沙丘。如果你分不清方向，那么面朝大海，你的左边便是东，右边则是西。在这里，你能见到这样一个奇特罕见的景象：环海公路的一边是烟红的沙丘，另一边则是蔚蓝的大海。

到达美奈的时候是凌晨 3 点，一下车扑面而来的是夹杂着鱼腥味、略带潮湿的海风。美奈在这一刻是如此地温柔似水，宁静到耳边只剩下了海浪和风掠过的声音。昏黄的灯光、安静的村落、咸湿的海风、深邃的天空、漫天的星斗、高耸的椰树和一排排沿路蔓延的旅店，望

着眼前的这些场景，我不由得哼起了小野丽莎那首欢快的曲子*Cachito*，沿着公路找寻我们预订的宾馆。

天微亮，推开窗的刹那海风迎面扑来，映入眼帘的美景犹如一幅浑然天成的油画。我披上衬衣，踩着拖鞋就奔出了房间，来到了仅几步之遥的海滩边看日出。闭上眼，耳边传来轰隆隆的海浪声，咸咸的海水味和暖暖的阳光快要将整个人给融化了。阳光的那一端，一对外国老夫妻手拉手地从远方走过来，经过我面前时，我们互相微笑着点点头，在这里你只需要一个微笑就足矣。

大海与沙丘水火交融

上午九十点钟，街上的店铺才纷纷开门营业，美奈的生活节奏大概就是这样地慵懒与缓慢。早餐依然选择了钟爱的越南卷（越南法棍），这是我们一路从北吃到南的路边摊食物，一辆手推车一个摊点，几层的玻璃柜里面摆满了法棍、黄瓜片、番茄、鸡肉、生菜等花花绿绿的配料。长法棍切一段下来，从中间剖开，接着抹上一点沙拉酱或是甜酸辣酱等，依次加入黄瓜、番茄、鸡肉或猪肉等配料，这样吃起来比法棍有劲很多。吃过早餐，我们与另外两个姑娘一块儿去租了两辆摩托车，两位姑娘是我和 Ting

在旅途中认识的，她们从广东一起结伴过来，我和 Ting 都不会骑摩托车，正好她俩都会骑摩托车，可以载我们。把摩托车加满油后准备前往期待已久的白沙丘和红沙丘。

途中经过了东区的渔村，瓦蓝的天空下一个个又大又圆的簸箕船漂浮在海面上，伴着波光粼粼，组成了一幅独一无二、只属于美奈的画卷。当红沙丘映入眼帘时，我震撼了。不同于以往所见的金色沙漠，而是一片炽热的红，或许这才是真正的热情沙漠。吃力地爬到红沙丘的最高点，放眼望去看到的是一片蔚蓝的海。在美奈，这一刻水与火是可以并存的。我们光着脚丫子兴奋地在沙漠里奔跑呐喊，虽然头顶是火辣辣的太阳。

白沙丘距离红沙丘还有十多公里，不确定它的具体路线，所以我们把“white sand dune（白沙丘）”写在字条上，走进红沙丘附近的一家杂货铺。老板似乎不会英文，把纸条递给隔壁店铺的人翻译，接着他又打了电话，一直在讲越南话，挂掉电话后用不太流利的英文告诉我们，他大概知道了白沙丘的位置，带我们去。老板的摩托车在最前面，时不时地回头看看我们是否跟上，这是我们到越南后遇到的最热情的当地人，也怀疑过会不会被拐到偏僻的地方，所以我坐在后座一直盯着手机里的 Google 地图，方向是朝着白沙丘在前行，舒坦了一些。我们沿着公路继续前行，大海就在我们的右侧。途中遇到一群奶茶色的牛，成群结队地穿过马路，悠闲地在公路旁的水塘边喝水，不知不觉地到了白沙丘。我用感激的微笑向面前这个瘦瘦黑黑的越南人致谢与道别，这一刻我们真诚美好的微笑都会印在对方心里。当我们带着善意去接受旅行途中那些来自陌生人真挚单纯的帮助时，也要学会辨认好与坏，保护好自己。

穿过一片小树林，在一潭宁静的湖后面突然出现了连绵起伏的沙丘，白沙丘比红沙丘还要壮观。细软的白沙滑过脚趾，提着鞋赤脚在白沙丘上奔跑，仿佛永远也跑不到尽头。柔白略带浅黄的沙丘和一片透彻宁静的湖交织在一起，眼前的美无以言表，文字似乎也显得苍白无力了。白沙丘的旁边还有一个小池塘，长满了睡莲，我想这里的盛夏一定更美吧。

夕阳西下，我们驱车来到了海滩边。蓝得流泪的海水正在慢慢地被绚烂的晚霞吞噬，海平面上空的一朵朵云被夕阳染得极其美丽，它们缓慢地在天际流动，犹如一个调色盘。沐浴着海风，我坐在沙滩边，看着美奈的夕阳由最初的内敛柔和再到最后的放肆张狂，一瞬间夕阳扑通掉进了大海。天色暗了下来，这是一个风情万种、伴着渔火与星光的美奈之夜。

这样一个时而热烈如火、时而温柔似水的美奈，又有谁不会爱上它呢?

巴黎

"Je t' aime!"

被鼾声包围了

巴黎这座城，承载了我太多美好的幻想。为了留法，我在法盟班学习了两个学期法语。Bonjour，Je m'appelle Chloé（你好，我的名字叫克洛伊），是我学会的第一句法语，Chloé 是法语老师给我取的名字。当时我学习法语的马力十足，大三暑假一个人在炎热的宿舍留校，每晚都是伴着法语文章入睡，做梦都在背课文，而后 Chloé 这个名字总会出现在法语考试成绩单的第一或第二个位置。法国人总爱以他们法语优雅美丽的发音而傲娇，有时候很疑惑他们究竟是哪里来的自信敢把法语封为世界上最美丽的语言，任何一个名词在法国人眼里都有阴性与阳性之分，阴性名词前用

la 作为定冠词，而阳性名词前加 le，复数则是加 les。并且这种阴阳性毫无规律可言，只能死记硬背。也许是傲慢自由惯了，法国人对于数字的称呼则更加让我瞠目结舌。70 之前的数字也还算简单易学，从 70 开始就是一道坎。比如 76 如果用法语表达就是 60 加 16，而不是直接读 76。80 也是需要把它读成 4 个 20，因此 95 就需要拆读成 4 个 20 再加 15，简直令人抓狂。

在法盟学习期间，偶遇了小学毕业后一直未曾再见到的同学Cici，同样是为了留法来到这里学法语。那时候我们俩还各自诉说着关于法国的憧憬与梦想。而最后我无缘踏上法兰西，Cici开始了她的留法生活。

第一次独自感受长达十几个小时的飞行时光。我在候机厅看来来往往的陌生人，他们都过着各自的生活。我从不主动去搭讪，默默观察四周的人群，似乎他们的生活与我的世界有冥冥的联系，说不定哪天就会有交集。正如某次聊天，我说“去年3月我在三亚RITZ Carlton吃早餐时，旁边竟然坐着朱时茂，他端着杯子在那儿盛果汁”，好友Ray惊讶地问我具体日期，瞪大眼睛告诉我，她也是在那个时间、那个地方见到了朱时茂。而我和她在去年3月还不认识，同一时刻我们都身处同一地点空间，也从没想过擦肩而过的半年后我们会机缘巧合地认识，有着说不完的秘密，好似相识多年而重逢的旧友。在机场、在火车站、在汽车站看过来去往的人，打量穿着并猜测他们的职业，思索着哪天说不定就会与眼前擦肩而过的人们有交集，那种奥秘，藏在盎然的生活里。

阿联酋航空，空客A380。我换取登机牌时竟然忘记要求选位，很不幸地被挤在中间的位置。飞机在夜色中平稳地飞行着，旁边的人纷纷入睡。可怕的是我被左边与右边的打鼾声给包围了，此起彼伏。这大概是最悲惨的一次飞行吧。

当飞机降落于戴高乐机场时，如同初恋般的心跳。下飞机后第一个脚步踩得特别用力走心，想要深深地打下烙印。两年后，我终于踏上法兰西的领土，曾经它是我的梦想，梦想着在这里学习艺术与摄影，梦想着当一名摄影师或是服装设计师。最后没有去法国追梦，但也朝着自己的梦想在努力奔跑，实现了梦想。

茶点

与 Cici 约好喝下午茶，地点是香榭丽舍大道的 Angelina。这家始于 1907 年的巴黎著名甜品老店也曾经是 Coco Chanel 和巴黎一些著名高级成衣师的心头爱。它的招牌是 Le Mont-Blanc，勃朗峰栗子蛋糕起源于法国萨瓦和意大利皮埃蒙特，名称来自于与其神似的阿尔卑斯山勃朗峰。勃朗峰盖满了栗子泥，舀一勺下去，栗子泥混合着内层的掼奶油，细腻醇正。我没 hold 住，一勺就被甜腻。对

Le Mont-Blanc 失去了兴趣，如果把法国人嗜甜的程度比喻为十级，估计我就只达到了两三级的水准。反倒是 Éclair 闪电泡芙让我欣喜。在上海时喜欢去买 Sun Flour 与柴田西点家的闪电泡芙，有时候坐在店里和朋友边聊天边吃，而独自一人时我更喜欢把它打包带走。牛皮纸袋里溢出了浓浓的奶香，忍不住会咬一口又羞于不优雅把它放回纸袋里，直到带回家再慢慢享用。

闪电泡芙又叫手指泡芙，它的发源地便是法国。说起闪电泡芙的来源也很有意思，据说面包得知蛋糕与奶油恋爱后特别伤心，从此把奶油深深地埋在了心底，泡芙就诞生了。新鲜奶油制作而成的卡仕达酱塞进烘烤得酥脆浓香的塔形黄油酥皮里，一个个尖尖的泡芙塔象征着人们对满满的幸福甜蜜的憧憬。可是它终究是一个泡芙塔，一口咬下去就会溢出卡仕达酱，这让天性爱优雅的法国女人如何受得了。因此诞生了如手指形状的长条泡芙，也许是因为改良外形的泡芙方便食用并且美味到让人可以用闪电般的速度吃掉它，才取名为闪电泡芙。无论怎样，闪电泡芙从此让法国女人和全世界的女人都能把优雅与美味兼得，因此不得不爱它。

坐在溢满阳光的落地窗户边，不论是品味 Angelina 的勃朗峰栗子蛋糕还是 Lauduree 的马卡龙或是 Pierre Herme 的覆盆子马卡龙；不论是一口咬下块黄油浓香满口乱窜的拿破仑（Mille Feuilles）还是涂满咖啡酱或是巧克力酱的闪电泡芙，都成为了无数女孩儿想要去法国的一个充分理由。那一刻的大脑也许是被胃和嘴巴收买了，无暇顾及卡路里热量，奶油、黄油、酥皮、糖粉这些高热量配料从减肥禁忌食物列单里消失得无影无踪。

也许会想，等我瘦成一道闪电后再来把法式甜点都吃个遍；也许会想，等未来与恋人一起来法国再一同分享甜蜜，一个人坐在咖啡厅里总有些孤单；也许会想，明天叫上闺密一块来吃吧。巴黎的每一家面包坊都透着独特的魅力，橱柜里的马卡龙、小羊角、千层派和竹篮里奔放粗犷的法棍随时都在告诉人们及时行乐，过期不候。

有太多时候，我们喜欢等待。那些明明近在眼前，触手可及的事、物、人总是容易被我们忽略，我们想着以后还有大把的时间机会去关怀他们。可这世间有

许多细碎是等不起的，就如同气泡般脆弱的时光，还没把它握碎就已经消失。今朝有酒今朝醉，眼下这一刻，我很开心满足，不去计较过去或是未来，活在当下，且行且珍惜。

“邪恶”的房东

吃饱喝足，Cici 带我暴走巴黎。她对我说，终于把你给盼来巴黎了。“我和老公的结婚照还没有拍，一直期待你来巴黎，想请你为我们拍摄一套婚纱照。”一边遛街为第二天的婚纱照拍摄踩点，一边八卦地打听 Cici 与老公相恋的故事。

两个人第一次见面，却从未想过彼此会成为恋人再到亲人。Cici 说：“第一次见小俊哥时是他来探望我的室友，穿着件超级大的黑色外套，像是偷了大人衣服穿的小孩子。”而小俊哥对她最初的印象也不尽如人意，只道是一个装 × 的妹子坐在窗台下不爱理人地捧着一本《红顶商人胡雪岩》。因为刚好两个人都要找房子，巴黎的房源总是又贵又紧张，朋友便介绍了让他们一起找房。本来相约找房一事只是 Cici 随口说说而已，并没有太过于在意，却没有想到小俊哥竟然十分认真，总是每晚向她事无巨细地汇报进展。有天晚上打着电话，Cici 无意地提起某日是她的生日，开玩笑要他记得零点祝她生日快乐。而真到那日，一群人还疯玩“天黑请闭眼”时，电话铃按时响起，他有些拘谨地跟 Cici 道祝福。Cici 露出甜甜的笑容对我说：“那个简单的有些陌生的电话，在那个夏天给了我很大的安慰，无论如何，被人惦记的感觉总是会让人心怀感激。”

忽而想起了自己。大学毕业各自慢慢长大有了自己的生活。再也没有人抢着在 00:00 这一刻发送生日祝福，再也没有人守在宿舍楼下等着 0 点那一刻送上生日礼物，再也没有一群疯狂的人凌晨陪着我在校园里压马路。我们都被时光偷走了青春，唯有留下闪闪发光的青春记忆。这些年，我时常在路上行走。常常在旅途中思考，隔着几万里英尺的那边会有牵挂我的人吗？远方的风把思念带到了大洋彼岸，亲人的牵挂、恋人的思念、朋友的惦记，即便是遇到刺骨的西伯利亚寒风，当它带着思念与牵挂扑面向我席卷而来时，也会被心里的暖流给融化，即使天空飘雪，它也是带着暖暖温度的雪花。因为我知道，那个停不下来脚步、好奇世界、游走在路上的我是一直被人呵护惦记的，一直有股温暖的力量支撑着。

不知不觉我们走到了巴黎最古老又最时尚文艺的马黑区。路过冰激凌店，在意大利还没有吃够 Gelato 的我又被吸引住了，Gelato 这个单词也是除了“ti amo（我爱你）”“ciao（你好）”之外，我在意大利学会的唯一一个单词。我和 Cici 一人买了一个 Amorino 天使冰激凌。我的法语已经不太流利了，蹦出了几个略带英语口音的法语单词告诉店员我要开心果、咖啡、香草和杧果口味的。一个扎着马尾、笑容干净的法国姑娘用扁扁的勺子挖着冰柜里的冰激凌，一片一片叠在甜筒上，把那只如同漂亮玫瑰花般的冰激凌递到我手里。用舌头舔着马上就要融化的冰激凌，舌尖还来不及细细品味它的味道，要知道检验冰激凌是否醇正的办法便是看它融化得快与否。添加剂越少、越醇厚的冰激凌，它在室温下融化得越快。

“亲爱的，后来你和小俊哥是怎样成为恋人的呢？”品味着冰激凌的同时，我没有忘记继续挖掘八卦故事。Cici 说后来俩人因为共同租了一间房屋，与房东同住。可是遇到好色邪恶的房东老头，总是对她有所企图。某天因为忍受不了房东的骚扰而崩溃大哭，俊哥说也就是那一日，他有了强烈想要保护面前这个姑娘的欲望。Cici 开始习惯性地和小俊哥一起出门，等他下班后再一起回家。

要相信

几个星期后，俩人相约去看夜色中的铁塔。人潮拥挤，站在远眺平台的铁塔间，默然无语后他带着质朴理工男的本质怯怯地向她表白了。“我没有立刻答应小俊哥，也不知道适不适合当他的女朋友，所以当时就告诉他先试一个月吧。那天晚上，我们第一次牵手从铁塔走了几个小时的路回家。”后来，他们“私奔”到威尼斯。

安静的威尼斯夜里，温暖而奢华的小船舱里，她与他欢喜地望着彼此，他突然非常郑重地单膝跪地，像求婚一样，很严肃地问她是否可以提前结束试用期。任何一个姑娘都无法拒绝这样的浪漫，于是在清波荡漾间他便真正成了她的男友。“他小小的身体里有着大大的责任与担当，当两年后他唱着《最重要的决定》搞笑地跟我求婚时，我毫不犹豫地就答应了这个毫不浪漫但是十分踏实的男人。”

法语里是用“Amour”表达爱，或许世界上的“爱”都是一样，意味着责任、包容、牺牲与相守。“要相信世界上一定有你的爱人，无论你此刻正被光芒环绕、被掌声淹没还是正孤独地走在寒冷的街道上被大雨淋湿，无论是飘着小雪的清晨还是被热浪炙烤的黄昏，他一定会穿越这个世界上汹涌着的人群，走向你。”岁月还很长，他一定在等你，也许只需一个转身的距离。让你在拥挤喧哗的人群中突然静默下来，整个世界安静得只能听到彼此的心跳声。从此，岁月静好，现世安稳。

CONFISERIE

巴黎的夜没有闪烁的霓虹，老房子的城是柔和的昏黄，它更像一座停在旧时光的城市，古老而恋旧的巴黎。

尽管现实中的巴黎不尽如人意：Chatelet 的午夜可能会有喝醉酒的混混找你要钱，走过地铁台阶时总会嗅到一股尿臊味，当吉卜赛人靠近时就得汗毛立起拽紧身上的财物躲得远远的，景点门口时不时会遇到坑蒙拐骗……

但我仍然愿意相信——

巴黎，在某个瞬间它是无与伦比地美丽。

ITALY

No.04

意大利
一双靴子的温度

没吃过一顿正餐

当我坐上从帕多瓦出发驶向佛罗伦萨的列车时，无暇顾及要怎样在一天之内把这座阿尔诺河上的“鲜花之城”逛完。火车穿梭在托斯卡纳田园之中，窗外的风景极速切换，盛开的向日葵、高低起伏的山丘，这样纯粹宁静的乡村风景不只是用来看的，它更适合生活。

想象着自己散步在蜿蜒的田间小路，扑面而来的是浓烈质朴的托斯卡纳晚风，那是一种混合了风铃草、迷迭香、铃兰、野玫瑰、乳酪香与炊烟气息的晚风，就像我喜欢Jo Malone的Wild Bluebell（蓝风铃香水）味道一般，只要闻到它，就好像置身于略带潮湿气息的夏日森林，回到了“绿野仙踪”。

托斯卡纳的艳阳在午后特别灼热，我从包里拿出了那顶被随意挤压不必担心是否变形的草帽盖在头顶上，臭美地自拍了一张发朋友圈，吃货朋友回复说，帽子软塌塌地搭在我的头顶，看起来特别像一张薄饼。

这座不经意就从骨子里散发着文艺气息的城市，不用刻意去体会就能感受到艺术重量的压迫。红瓦顶石板路，任何有空隙的地方都塞满了碌碌庸庸的旅人。佛罗伦萨的咖啡馆、酒吧、纪念品店比比皆是，而质朴纯粹的小餐馆几乎不见踪影，只剩下了满眼的冰激凌与比萨意面快餐店。

我在佛罗伦萨没有走进餐厅吃过一顿正餐，3.5 欧元一支的甜筒冰激凌撑得胃快炸开来，被留学意大利的朋友嘲笑在游客攻占的旅游景点吃天价冰激凌，就好像我嘲笑游客会在宽窄巷子吃成都小吃，因为当地人的美食从来都不会开在旅游景点内。如果去过圣母百花大教堂、乌菲兹美术馆，与大卫雕像合过影才能算到过佛罗伦萨，似乎我不算是来过佛罗伦萨，没有参观常规的景点。半个小时内穿过人声鼎沸的游客聚集区域，终于来到了还算能见到托斯卡纳人面孔的地方。

托斯卡纳人时常讨论的话题无外乎有这三样：天气、生老病死和吃。这些囊括了人类所需的心理学、社会学、哲学、宗教、艺术等，当我们还在挖尽心思寻找人生的意义是什么时，殊不知，吃就是最接近人生的真谛。衣着时尚的白发老太太可以很轻松地去计较羊羔肉是否新鲜，羊角面包是否能嗅到黄油香、咬到酥脆的皮。

中央市场里看到一对年轻夫妇在杂货铺里挑选着 Balsamico，这是一种以意大利特产葡萄作为原料酿造的果醋。在意大利十余天，我也慢慢适应了南欧风格清淡的沙拉，而它总是配以酸中带甜、醇厚黏稠的 Balsamico 与莫扎里（Mozzarella）芝士来画龙点睛，否则就是一碗无味的杂草。白发苍苍的老头老太牵着一只拉布拉多犬从面包铺走出来，提着一袋形似法棍的长条面包 Filone，这是托斯卡纳地区居民餐桌上必备的面包。托斯卡纳面包在制作的时候不加盐，人们更喜欢用食物的味道主导面包，配上橄榄油、腌制的猪肉 Salumi、巴西利香草、鹅肝酱等来点缀没有咸味的面包。“托斯卡纳面包不加盐”也许是迫于现实，12 世纪比萨停止了与佛罗伦萨交易盐，引发了佛罗伦萨人和比萨人的争论，那时候的盐犹如今天的爱马仕、香奈儿，对于平凡市民来说是一种昂贵的奢侈品。佛罗伦萨人也因此停止了在面包中加盐。

佛罗伦萨给我留下深刻印象的不是静静流淌的阿尔诺河与河上刻满历史印记的四座老桥，不是耗时175年才建成的圣母百花大教堂，不是一撒谎鼻子就会变长的匹诺曹，不是中央市场大排档里刚出炉的Trripa牛肚包，也不是散发文艺气息的博物馆。而是游客稀少、退去喧哗的小街小巷与生活在这座城市里的佛罗伦萨人：蝉鸣高歌的午后，一个戴着墨镜的意大利帅哥骑着摩托车从我眼前路过，几秒以后倒回来停在我的镜头前。不是因为我外貌美丽而把他吸引过来，大概觉得我的举动很好玩，相机扔在地上，在十秒内匆匆地奔到事先找好的点，刹车停下来再淡定地摆出一个pose等着相机出现闪烁的红点，快门声音一闭合，又散架似的奔向相机。他问我需要帮助吗，我握紧相机微笑着说谢谢，不用麻烦了。

其实有些忐忑，担心相机会瞬间被面前这位骑摩托车的小哥抢走。可是意大利帅哥太热情了，拿过我的相机，从摩托车上跳下来，示意我站在摩托车旁边去，于是有了一打我与白色小摩托车多角度的合影照片。意大利男人对年轻女性大多

是殷勤周到的，美不美另当别论。他们会主动搭讪并问你来自哪里，喜欢意大利吗，之前去过意大利哪些城市，并且总是乐此不疲地把他们心目中认为美的地方推荐给你。即使是一口意大利腔的英语，也不妨碍他们向各国游客表达出对自己国家和文化的自豪与热爱。

意大利人天性随意、天马行空，造就了意大利在艺术设计与服装领域首屈一指的地位。Valentino、Prada、Salvatore Ferragamo、Bottega Veneta、Dolce &Gabbana、Gucci 等时尚名牌都来自意大利。这个崇尚自由的国度与邻居的德国完全是两派作风，你应该没有想过在意大利街头所见的宠物狗们绝对与德国街上的狗狗们有着天壤区别。德国人严谨到牵上街的宠物必须上户、纳税，从宠物学校顺利毕业后才能与主人一起遛街。意大利的宠物狗们就不受这些条条框框的约束。意大利人除了崇尚自由之外，天性也是非常热情奔放。尤其是意大利南部，“靴子跟底”的那些人比北部更加热情。或许是因为南部人爱吃辣椒，所以热血沸腾，热情好客。

在火堆里骑车

决定在去意大利南部之前，已经看过、听过无数关于意大利南部的坏话。“南部特别乱，偷抢财物的情况非常多”“那里非常危险，女孩子最好不要独身一人去南部”。可是南部有几座钟情的城市。再三思索后还是决定和另一个女孩儿粟一起前往南部旅行。粟是我小学学美术时认识的姑娘，小学毕业后我们见面次数不超过十次，但每次与粟见面都会遇上有趣的事。粟刚好结束了葡萄牙之行，而我刚好结束了在圣托里尼的拍摄工作，我们俩约在了博洛尼亚碰头，吃了顿正宗的博洛尼亚肉酱面。坐上火车向南部前行，窗外是典型的托斯卡纳田园风光，火车穿过金黄的麦田和一片片盛放的向日葵花海。这个场景和我一直想念的北海道像极了，或许北纬四十几度的这些地方都拥有着怎么称赞也不为过的美景。

南部的第一个目的地是福吉。抵达福吉火车站时，正好日落时分。阳光透过云层把整个火车站镶了一

LOSER

层金边，这样的光线闪耀却不刺眼，温暖却不灼热。不远处一个身着米色公主裙的意大利小女孩儿吸引了我的目光，她那被夕阳洒了一层金粉的鬈发在微光里闪烁着，小女孩儿踮起脚凑到爷爷奶奶脸颊边与他们贴面道别。人来人往的火车站，每时每刻都上演着或温情或悲伤或喜悦的一幕幕。离别或相见，带着悲伤与不舍道别这座城，带着喜悦与期待来到这座城。相比漂洋过海的离别，我更喜欢在站台上相遇的瞬间，因为在那一刻才能体现出爱的弥足珍贵。“月有阴晴圆缺，人有悲欢离合。”我们的人生好似一场长途旅行，那趟属于自己的“梦想号”列车行驶在望不到尽头的轨道上，每一个停留的车站都会遇到不同的人：有的人搭乘这趟梦想号，在旅途中一起分担和分享生命中那些伤悲和欢欣，后来，成为了知己；有的人在匆匆相遇后就道别，从此人生没有交集。可我们终究会是孤身一人到尽头，没有谁能够陪你从起点一直到终点。因而与那些你爱着并感激的亲人、爱人、友人在一

起的时光是弥足珍贵的。

从火车站出站后，天色还未暗。有时候为了方便中转会选择距离火车站不远的酒店。福吉是我们在南部行程中的一个重要中转城市，预订的酒店距离火车站十分钟路程。走过一个喷泉小广场，当地人都挤在广场中聊天乘凉。这是我来意大利十余天第一次看到这样的场面，亲切而又感动。没有大城市的冷漠，陌生距离感突然消失。像是回到了小时候的生活，邻里之间互相认识，走在街上家长们总会停下脚步打招呼，问长问短拉拉家常。放学后我最期待的便是完成作业后和邻居的小孩儿们一起疯闹玩耍。

穿过人潮涌动的广场，在十字路口抬头张望看到了酒店的路牌，民宿酒店竟然也有招牌。顺着所指方向走进一条小弄，眼前是几座房屋围绕而成的一个小院子。最耀眼的莫过于那一墙盛放的三角梅，威尼斯土黄色的墙壁上蔓延着一簇簇玫红色的三角梅。这样的场景在记忆中出现过，清迈的土黄墙壁也开满过三角梅，热情而善良。院子里最耀眼的这座楼是我们即将入住的地方，被鲜花和大树簇拥。

门前坐着聊天的中年男子朝我们挥手，用生疏的音调呼叫出了我们的名字。我和粟相互对视，激动得手舞足蹈。他上前接过我们的行李，帮我们办理好入住手续。此时，我肚子已经饿得扁平，询问老板附近的美食。老板给我们比画了路线，后来他干脆打电话给他的朋友，让他朋友开着小车载我们去了市里人气超旺的一家比萨店。老板朋友运送完两个吃货后，还详细交代了我们回去的路线。

这是一家人气爆棚的比萨店。排队等候座位，好不容易入座，又得习惯服务员并不会立刻给你递上菜单。我不止一次疑惑过，在法国、希腊、意大利遇到大部分餐厅服务员都很悠闲，不慌不忙，并且顾客对此也习以为常，示意点单后需要等上一会儿，要知道在国内，餐厅如果点单或是上菜怠慢，就会有顾客表示不满，要求退菜或埋单时，服务质量会得到大幅度改善，所以我猜想在意大利叫埋单时服务员应该会火速。可是他们不按常理出牌，有时候埋单都需要等上 20 多分钟。在德国留学几年的粟告诉我她已经习惯了这种等待。可以认为他们是懒散无序，也可以认为他们是会享受生活，无力改变只能入乡随俗。

满眼的意大利语菜单让我眼花。之前民宿的老板告诉我这里最好吃的比萨是玛格丽特(Margherita)和Marinara。虽然还有其他很多配料搭配的比萨让我动摇过，最简单即是经典美味。我们点了一份玛格丽特，一份 Marinara。正宗的玛格丽特比萨只能搭配圣马折诺番茄、橄榄油、水牛乳干酪、紫苏和盐，配上罗勒的绿叶。传说被玛格丽特王妃请来的比萨师傅是为了讨好国王，因此才选用这些配色的材料，红、白、绿三色，与意大利国旗的颜色相呼应，深得王妃喜爱。放眼望过去就能看到餐厅开放式的大厨房几乎占据了整间房屋，烧红的木柴在大烤炉里正烤着那不勒斯比萨。他们使用传统的砖窑烧烤，可以看到师傅们熟练地用长木柄把比萨推进正在燃烧着木柴的炉子里，四五分钟后拉出来。伴着罗勒与芝士香味的比萨香气四溢，只是肉食动物们可能会不大习惯，因为玛格丽特比萨是素的，没有肉。

在我看来有着无数美味，当地人热衷于倒腾食物的地方大多是悠闲怡然的城市。无论是在福吉遇到的会亲手做一大桌早餐给我们的民宿老板还是在马泰拉民

宿遇到的一对可爱的老夫妻，他们都带着对生活的爱与热情经营着自家民宿，把宾客当成朋友一样招待，即使有时候语言不是那么畅通，但都阻碍不了大家对美食、对生活的共同喜好。

在民宿老板的建议下，我们临时增加了一个旅行目的地 Locorotondo，这是之前在攻略里没有查到的地方，它没有疯狂地出现在大家写的各篇意大利攻略里，因而对于我们来说算是比较小众的旅行地。我们会写旅行攻略并把它发布到网络上与陌生人分享，我们更习惯从别人的攻略里先了解一个地方，从那里读到的城市或多或少会带有个人情绪色彩，正如现在的你看着我写的这段故事，因为遇到美好或是失望的当地人，我会不加掩盖地告诉大家喜欢这座城、讨厌那座城，相比而言，我更喜欢不经意间闯入一座城市，不带任何感情色彩地走近它。

从 Alberobello 火车站出来后，我和粟各自租了一辆自行车。Locorotondo 距离 Alberobello 约 20km 的路程，沿途会经过一些不知名的小镇。夏日的太阳起床时间很早，脾气也很大，上午 9 点就已经开始暴晒，似乎想要把地面上所有的水都榨干。

在意大利的十几天里，这是第一次和大自然这么近距离接触，我们踩着脚踏车穿梭在乡间小路中。道路两旁的农田牧场里，散落着被收割裹好的金黄稻草卷，晒干以后它们就成为了牛羊的冬季特供饭。

为了防晒，每隔一个小时就掏出防晒霜往脸上涂抹，用丝巾、长

袖衬衣和帽子把自己裹成埃及木乃伊。

过去，我常忘记给手涂些防晒霜，所以这双手看起来显得很粗糙，有时候笑称这是一双民工手。好友 Ray 曾经叮嘱我："多啦，你要好好地呵护这双手，不然以后怎么戴钻戒呀。"若要从双手猜测职业，大概我会被认为是做苦力活的。

然而再好的防晒霜似乎对于我来说作用都不大，物理防晒与化学防晒双管齐下也赢不了活跃的黑色素。

烈日下的几十公里，像是在火堆里骑车，偶尔还会遇到当地人开车经过竖起大拇指为我们打气加油。蜿蜒而上的公路尽头，突然升起一座巨型城堡，我们终于抵达 Locorotondo。我简直不敢相信，迪斯尼动画片里的城堡近在眼前，可随之而来的是一个麻烦的选择题，究竟是走近路爬过一层层台阶到达城堡还是绕路继续沿着公路骑上去。

已经被 20km 的路程折腾得精疲力尽，做任何一个选择都需要极大的勇气。我是选择综合征的重度患者，因而把选择权交给了粟，最后我们决定扛着自行车抄近路。我走在最前面，咬着牙困难地抬着自行车，回头望望不远处的粟，和我一样是痛苦的表情。顺着台阶蜿蜒而上，目光已经无法再看到身后的伙伴。

没有计算过我们到底爬了多少层，半途中一度有想扔掉自行车的想法，剩下最后几十层台阶。我把自行车停着，一边休息一边等待着粟的身影出现在我的视线范围内。一位意大利年轻帅小伙从上面走了下来，高鼻梁、深邃的栗色眼睛和微卷的浅棕色头发，他路过我跟前时对我微笑打招呼，径直走向我身边的自行车，想要帮我把自行车抬上去。脑海里闪过的第一个念头是这忙不能让他帮，他没看到后面还有一个扛着自行车的姑娘呢，帮我抬完以后再往下走时，他将面临一个难度系数颇大的选择题。

我执意地说："谢谢，不用帮忙。"谁知道他一把举起自行车扛在肩上，迈开步伐朝上面走去。他把车停在了最后一层台阶上，我鞠躬 80 度跟他道谢。5 分钟以后我看到了粟，意大利小伙看到她的那一瞬间，先是惊讶随后无奈地笑着从粟的面前经过，大概他猜出了我拒绝他帮忙的原因。

Locorotondo 终于完整清晰地展现在我们眼前，一座矗立在高处的白色基调的历史古城，碧蓝的天空配上白色的房屋一切都是那样地纯粹自然。初到广场时遇到几个小青年，当我们逛完小镇后到广场取自行车时再次看到了他们。一位 20 岁左右的男孩儿举着 iPad 冲过来，随后另外几个小青年纷纷站在了我们和自行车旁边，如此紧要的关头，我立马整理了下凌乱的头发。冲着前方正在拍摄的 iPad 镜头微笑，好歹也是出现在 Locorotondo 镇上为数不多的亚洲面孔，然而镜头里的我们摆脱不了狼狈的状态，刘海已经被汗水打湿，变成了一撮一撮的模样。这样的照片却最真实可贵，当我看到照片里傻傻狼狈的自己，就能回忆起那年夏日在靴子跟底的这些灼热际遇。

“焦急的”马泰拉早餐

Lonely Planet 曾经这样介绍过马泰拉：“马泰拉绝对独一无二。你找不到第二座能同失落的民居文化作面对面接触的城市。”马泰拉是个传奇的地方，它不容许你忘记它。大部分到达过马泰拉的游客都会爱上它。

马泰拉绝对不属于意大利经典旅游线路城市，没有大城市的喧闹奢华，在很长一段时间里，它都是美丽而安静地被人遗忘着。这个只拥有 5 万人口的小镇却是世界上最古老的人类居住地区之一。半洞穴、半房屋的住宅被认为是意大利最早期的一种房屋。中世纪时期，由于遭到外部入侵，一些僧侣和居民为了躲避灾难而逃到马泰拉山区，而这一地区的土质较为松软使得他们能够利用这些火山岩石在山间石头里掘出一个个洞穴，密密麻麻的像鸽子洞一样的房屋在山区里聚集形成了马泰拉这座小镇。光是教堂就有一百多间，街道也完全由石头铺设而成，这些上千年的山洞几乎无须修缮。漫长的历史中不管权力如何更迭转移，马泰拉的洞穴民居一直在山间洞穴里保持着安静淳朴的生活状态，那些纵横交错的小巷

里星星点点的房子是他们的安身之处。直到 1952 年，这些石窟民居的居民被当局强行搬迁到新城区。马泰拉却并未因此沉寂，这里随处都是电影场景，陆续被 12 部电影选为取景地，因而马泰拉也逐渐受到世人关注。为了发展旅游业，当局又把几百户人家迁回已经完成基础建设的石屋区，并将洞穴改造成为旅馆、餐厅、手工艺品工作室等。

抵达马泰拉时正是中午，冷白色的阳光照耀着这座神秘而古老的小城，恍如到了耶路撒冷。我们的民宿在一个角落，绕来绕去费了些功夫才找到它。爬上十几层台阶到达民宿门口，接待大厅需要继续向下走八层陡峭的台阶。两扇白桃木色的木框落地玻璃门镶嵌在米白色的石洞里，嘎吱一声门被打开。“Ciao.”一个老爷爷走了出来与我们打招呼，他头顶光秃秃的，像鸡蛋似的大脑袋，后脑勺附近还剩下一圈银白色微卷的头发。

当我第一次踏入洞穴，仿佛整个时空突然停止运转，连空气也降了温。阳光从窗户里投射到屋内，将蜂蜜般色泽的光晕投射在高低起伏不平的洞顶与墙壁上。一张长长的古旧木桌上铺着红白格纹长条桌布，桌布上摆着一束鲜花。老奶奶放下手里的活儿，领着我们参观这间洞穴。

一切都很原始，这间洞穴作为他们的接待大厅与餐厅。再深入走到尽头右拐便是他们的储藏室，接着走下十几层台阶又是几间洞穴。里面没有天窗，因此日常生活完全需要借助灯光的照明。参观完毕，老奶奶领着我们回到了接待大厅。老爷爷正忙活着把才烤好的切片法棍和各式各样的橄榄油蘸料摆上长木桌。

他朝我们挥手说道："姑娘们，这是为你们准备的点心，请随意吃。"老爷爷很开心地介绍着各种橄榄油制作的蘸料，当然还有辣椒的蘸料。意大利南部大概由于天气炎热潮湿，所以像我们四川人一样喜欢吃辣。满足地吃了几片面包后，老夫妻带我们办理了入住手续。

我们放下行李后就迫不及待地准备出门开始探索这座历史悠久而神秘的石头城，出门前与房东道别，老爷爷极其热情地对我们说："如果你们下午饿了就回来，我这里可以为你们烤比萨哦！"他的慈祥与热情让我们感觉像住在自己家里一般温馨。

我站在马泰拉中心广场张望着四周，穿着巡逻制服开着电动小三轮的一个当地人将车停在面前，询问我们是否要坐他的车，我和粟相互对视了几秒立马警觉起来。难道这就是传说中意大利南部的骗局之一吗？在决定去意大利南部之前，听过太多关于南部不好的事情。

巡逻员拿出了官方证件展示给我们，提供免费游览车辆，为游客讲解当地历史是他们当地政府主办的一项活动，让我们尽管放心。可对于习惯了一步一个脚印亲临其境慢慢感受当地人文风情的暴走一族来说，坐车游览整座城市实在有点走马观花。我们微笑着拒绝了巡逻警车，朝他致谢后挥手再见。朝着古城的最东边走去，眼前这座沿着数面山坡延绵的城市，任凭我用相机怎么拍摄，也没有一张照片能把它的壮阔、震撼完全收进画面。

路过一户人家，门前坐着几个青年与老人在聊天。他们热情地招呼我们，竟然邀请我们去他们的穴居参观拍照。临走时，洗了一把果子塞到我们手里。从刚来到这座城市到现在，遇到的当地人个个都热情到极致，生活在马泰拉的人民幸福指数一定会很高。天色渐入黄昏，马泰拉的夜灯被点亮了，整个城市像是一个魔幻的舞台，灯光设计十分考究，明暗对比将建筑的轮廓恰当地体现出来。步行商业街的尽头有一个圆形顶篷的舞台，几十个人此刻正坐在舞台上演奏着欢快的弦乐曲，舞台下的人们听着音乐踩着拍子相拥而跳起舞来。此刻这一幅画面深深烙印在我心里，无论经历了多少艰辛苦难，马泰拉的人民依然安详平和地生活着，正如在这片土黄色的岩石上，总能找到顽强开放的鲜花在向着你粗粝地微笑。

临走前的那一天早晨，民宿老爷爷为我们准备了丰盛的早餐。他慢条斯理地把长棍切成片，几分钟后从烤箱里面取出烤得略焦的面包片，在上面涂抹点蒜头，摆上早已切成小块的番茄和巴西利香草，放在木托盘上端在了我们面前，蘸料依然是各式各样的橄榄油酱。担心赶不上飞机，我们匆忙吃了几口准备结束早餐。老爷爷开心地哼着小曲继续在开放式的灶台那边忙活："你们慢慢吃，我这才上了第一道菜。"

看着老爷爷那股开心与热情劲又不忍打断他，应该吃完几道就能结束早餐吧。我们焦急地吃完了第三道菜后，老爷爷继续准备施展厨艺。终于憋不住，不忍心地告诉他我们要赶飞机，时间非常紧张。

老爷爷听到后神情有点紧张起来，可丝毫没有准备结束早餐的意思，他嘴里自言自语地念叨着"time is a problem"，手里却依然维持着之前不慌不忙的节奏做着下一道早餐。不忍心打断他的热情与心意，可实在担心错过飞机。吃完第四道菜后又一次告诉老爷爷，我们可能赶不上飞机了。

他得知我们是3个小时后起飞的航班，转过身拍拍胸口，对着他心爱的橱柜长长地松了一口气，之前很急躁的情绪一扫而空，转而继续哼着悠闲的小调一边做着早

餐一边对我们说："姑娘们别急，时间还早着呢，吃完早餐我开车送你们去机场。"内心强忍着焦急情绪把早餐吃完了，老爷爷脸上露出了如孩子般开心满足的笑容。能够完整地把早餐呈现给我们，对于他来说似乎是一件特别重大的事。

下厨做饭，一定是老爷爷的爱好之一。与来自世界各地的人们分享着所爱的事与成果。简单而平凡的爱好，他热爱生活，与世无争，他喜欢做美食分享给人们，他代表着生活在火山岩石洞穴里的马泰拉人民，没有盛气凌人与高不可攀， 只有来源于土地，也奉献于土地，这里的一切才有着我所爱的一种气质。从老爷爷为我们烹饪的这几顿食物里，我们感受得到食材的心意、他的用意和对生活的热爱。而在爱里，同样尝得到酸甜苦辣的人间百味。

如果一个地方的人们接受它的过去，并深爱着他们生活的那片土地，发自内心地热爱着生活与自己，他们自然会让纯真质朴的香味拥抱自己。用善良坚韧的心与坚毅的双手去创造所期待的生活，将生命中宝贵的力量和精神一代代传承下去。

冰岛

在这颗孤独星球

曾经在接受采访时被问道："世界那么大，还想去哪里看看？"走过了近 20 个国家，唯有一个地方在我心目中是今生必须到达的地方——冰岛，一颗遗落人间的孤独星球。

森林

北纬 66 度，有着连绵起伏的成片苔藓，有着铺满晶莹剔透冰糖块的冰河湖，有着形态各异大大小小的瀑布，有着全世界最纯净的自来水，当然还有赋予美丽传说的神秘欧若拉。稀罕地貌与自然风光，在我还没到达过冰岛之前已经深深烙印在心里。很多时候，我不敢在出发前对目的地充满太多的期待，害怕现实与理想差距太大。然而冰岛却是一个例外，从计划要去冰岛开始我就满满期待着这一趟旅程，足足想念了半年，途经巴黎转机抵达了冰岛的首都雷克雅未克。

到达冰岛看过了壮丽风光，人生别无所求。严格意义来说，冰岛没有春天和秋天，只有冬天与夏天。我到达冰岛的时候，正值夏冬交替之际，白昼时间一天

天在缩短，而黑夜将会一天天变长。北欧城市的建筑风格大部分都是线条简洁干净，色彩明快，屋顶刷上五颜六色的漆，沿街聚集在一起，就像我们小时候画的简笔画版本的房屋，几条垂直于水平线构成房屋的主体与窗户，最后画上三角形的彩色屋顶，它是现实版的安徒生童话世界。在冰岛流行这样一个冷笑话，当你在森林迷路了怎么办？没关系，迷路了继续走就能找到路。

没有到达过冰岛可能无法理解，因为冰岛几乎没有所谓的“森林”，我只在冰岛的一个国家森林公园里看到过成片大树林，剩下的树林几乎都是不到一米的小树组成的“森林”。所以在冰岛的“森林”里迷路，你永远不用担心找不到回家的路。冰岛的熔岩区有很多夏季房，这是当地房地产公司修建专门用于出租给度假的人们。这也是冰岛的一大特色，每年夏天在这些夏季房边，孩子们从早玩到晚，为何他们会这么乐于玩耍而不去睡觉？大概是因为冬天他们已经睡够了，夏天是时候出来尽情玩耍了。

水与鲜

冰岛人民引以为豪的有大自然赐予他们的多样罕见的地貌风光，抬头就能轻易看见

的七色彩虹与各种弧度的双彩虹，还有世界上最纯净的水源。房东留给我们的字条上特意写道："你们不用去超市买矿泉水，矿泉水也是自来水罐装的，并且它比自来水放置的时间还要久，我们的自来水可是世界上最纯净的噢！"冷的自来水喝起来没有任何异味，而加温的自来水却带着一股冰岛特有的硫黄味。

冰岛纯净的水源孕育了新鲜美味的海产品。各式各样的鱼类尤其出众，北欧的法律规定不得给鱼喂食任何添加剂，所以在冰岛大可以放心地食用鱼儿们，甚至是直接生食也不会闹肚子，同行的小伙伴就用她脆弱的胃测试过，冰岛鱼的品质绝对新鲜放心。说得夸张一点，这辈子吃过的最好吃的龙虾就是在冰岛的Hofn小镇，用蜂蜜与香料腌制过的龙虾煎烤烹饪后相当入味，煎烤的

火候掌握到位让龙虾保持了最鲜嫩的口感，吮吸完龙虾壳上的汁水后撬开壳，肥美的虾肉配上新鲜的柠檬汁与蘸酱，最后连手指上余留的酱汁也舔得干干净净。我们的司机是冰岛当地人，生活在盛产海鲜的国度可他却对海鲜过敏，点了羊排，速度比我们吃得快很多，所以剩下的时间，他目睹着我们几个姑娘从一大盘龙虾吃到盘里干干净净。当我们回到了雷克雅未克以后，一直想念着这家餐厅的龙虾，恨不得专程再花半天的时间开车过来吃一顿。

在冰岛，一定要尝试一下当地的鱼肉，除此之外不能错过的是羊肉。冰岛草原是被星星点点的羊群装饰着，这里盛产羊肉、羊毛制品，摩天轮花纹的羊毛衫有个美丽的名称，冰岛人称它们为 Lopapeysa，每个纪念品商店都有出售这种手工羊毛衫，可惜价格昂贵，200 美元左右一件。沿途随处可见圆滚滚的小肥羊，

冰岛的羊是我见过最丰腴的，圆润的身体和几只竹竿腿形成了鲜明对比，像是一团棉花下面撑了几根火柴棍。以前我遇到过的所有散养的羊见了人都会拔腿就跑，而在冰岛遇到了两只蠢萌的小羊，当我们跳下车举着相机准备拍摄羊群时，不远处有两只羊互相对视了一眼，随后一只羊凑在另一只羊耳边，好像在讲悄悄话。原本以为它们俩会掉头开跑，没想到它们竟然朝着我们镜头走过来，它们俩走到距离我们只有一米多的地方停了下来，望了望我们，又互相对视了一眼，步调一致地转身离开，镜头里拍下的是它们圆滚滚的屁股和火柴棍腿，画面极其幽默。比起呆萌的冰岛羊，我更爱冰岛的马。它们都长着长长的鬃毛，有些鬃毛长到把双眼遮住了只得靠风吹起来时望望周围。在冰岛语里，马被称为“法西”，司机告诉我们这些冰岛马的祖先来自蒙古，经过俄罗斯迁徙到冰岛，后来进化成现在所见到矮脚马模样。我从地上拔起一些草给围栏边的马喂食。小白马最亲近我，它朝我走了过来，温柔的眼神能把几个世纪存留的冰川瞬间融化，我抚摩着它的鼻子给它喂草。一不小心被围栏电了，小白马也被电了，突然退后远离我，并且任由我再次呼唤也不敢靠近。回来后整理照片，发现小白马在吃草时竟然在对我微笑。

去冰岛，完成三件事：

第一件事
登上风琴岩峭壁、遥望大海与黑沙滩

维克小镇位于冰岛的最南端，它人口稀少，风景却如画般美丽。黑沙滩是维克小镇的瑰宝，火山喷发过后的火山灰沉积下来的黑沙石覆盖了沙滩，逐渐形成绵长的黑沙滩，这些熔岩颗粒没有杂质，没有淤泥尘土。一定要从地上捧一把沙，感受火山灰的余温，黑沙漏过指隙，手上却纤毫不染。

风琴岩峭壁与黑沙滩遥相呼应。一根根柱体整齐有序地排列在黑沙滩边陡峭的悬崖间，像是大自然精心雕刻的一架风琴，这是冰岛的玄武岩。柱状节理的玄武岩是火山爆发时喷出的温度高于900度的岩浆流入海中急速冷却发生瞬间收缩后而形成的。雷克雅未克大教堂的造型灵感或许来源于此。

第二件事

捡一块冰岛特有的“冰糖”吃

在瓦特纳冰原的南端，有一个梦幻的地方叫“冰湖”，谁见了都会爱上它。对冰岛一见倾心的理由就是因为它的独特美丽，冰岛语叫J kulsárlón，《古墓丽影》《蝙蝠侠 · 开战时刻》《权力的游戏》都在这里取过景。湖底深达200米，也是冰岛的第二大深湖。湖里的冰山有蓝色，有白色，这些都是冰河时期断裂入水的浮冰。冰河湖连接着大海，一些碎小的浮冰会在水的流动下漂向大西洋。有时候可以看到冰河湖旁灰黑的沙滩上，撒满了一颗颗巨型冰糖。捡一块冰尝一尝远古时代的味道，配着可乐喝下去，保证这是你人生中喝到最特别的一杯可乐，也是你吃进肚子里最久远的东西。

第三件事

和极光一起跳舞

去冰岛一定要有过的经历——追极光，用奔跑的速度。11 月以后去冰岛，看到极光的概率很大。在南北纬 67 度附近的两个环状带区域内经常出现极光，冰岛位于此区域内。极光没有固定的形态，颜色以绿、蓝居多，极光大爆发时偶尔会出现红紫色。观看极光的最佳时刻是晚上 10 点到凌晨 2 点，极光的形态可分为弧状极光、带状极光、幕状极光、放射状极光四种。极光有一个很好听的名字叫“欧若拉”，欧若拉是北欧主神奥丁的小女儿，北欧神话里掌管北极光的女神。在冰岛，我们连着四个晚上追着极光，前三天都无缘极光。确切地说，前三天晚上是等极光，只有最后一晚我们竭尽全力追极光，在冰岛还未入冬时想要看到极光不是那么容易。司机对极光很有研究，他带着我们驱车到了雷克雅未克郊区。离开冰岛的前一晚极光指数五到六级，对于这个时节而言那一晚的极光算是比较活跃了，可

天气却让人担忧。我们一路冲破乌云，司机根据风云动向朝着晴朗的地区开着。云朵很快被风吹散，天空渐渐晴朗。我们的车停在空旷的草坪边，静静地等候着欧若拉女神的出现。天边出现了一道微弱的绿光，顺着司机指引的方向向天空望去，淡淡的绿，要仔细看才能观察到。刹那间，绿光变成一幅光帘倾泻下来，像是带着颜色的烟雾随风起舞。极光越来越亮，此刻的天空变成了魔幻的舞台，欧若拉女神摇曳着五彩裙摆跳起了优美的华尔兹，每一次的旋转，她都会用裙画出一朵绚丽的烟花，精美绝伦，流光溢彩，浑然天成。那一晚，第一次看到神奇的绿光，对着欧若拉许下了愿望，心中再也没有遗憾。历经多次等待虽然也在寒风中失望过，但坚持让我们终究和极光邂逅，与欧若拉女神共舞。就像人生，总会需要一些坚持，没有向往就算风平浪静，也不会善始善终。向日葵看不到太阳也会绽放，我们的人生即使再艰难也需一份坚持。

尼泊尔

友情牌面膜

从尼泊尔回来后，我简直有点不敢相信，竟然完好无损地安全地活着回到了家，并且还拖了一大箱子羊毛毡。

尼泊尔是世界上最穷的国家之一，但也是幸福指数最高的国家。世界上最危险的机场在尼泊尔，世界上最深的峡谷在尼泊尔，世界上海拔最高的湖泊之一在尼泊尔，世界上最美的雪山在尼泊尔。穿越喜马拉雅山脉，在费瓦湖畔的阳光下遥望雪山，在杜巴广场寻找千年古城的斑驳痕迹，在奇特旺骑着大象穿梭丛林探险，尼泊尔的时光仿佛比世界慢了半拍。

从博卡拉回加德满都，我和朋友拖着大箱小箱挤上了当地的大巴车。他们的长途大巴车几乎都是印度产的 Tata，五颜六色的外皮特别艳丽。推开车窗，有时候会嗅到尘土的气息，有时候会望见没有底的峡谷，心也

SUITE :
orestresort@gmail.com

会跟着长途巴士的颠簸而紧张起来。

我用四川话跟朋友嘀咕，这次出行竟然忘记买旅游保险了。后排传来了云南话：“你们也是中国过来的吗？”云南话和四川话在某些时候还是有些相似。我扭过头望了望后排，一个头圆脸圆身圆的中国面孔映入眼帘，我对他的第一印象是形似《植物大战僵尸》里的坚果长大后的模样，椭圆形的脑袋，圆乎乎而高大的身形。

后来我们几个在颠簸的车上聊了一路，但从未问过对方的职业、年龄、身份。我们只聊当下旅途，不问过去。大部分旅行途中遇见的陌生人，都是如此。彼此寒暄问候几句，你来自哪里？你去哪里玩过了？接下来打算去哪里呢？我给你推荐一家餐厅，那里的东西特好吃。而面前这个坚果哥和我们几个特别能聊，因为大家发现彼此都是带着单反与几个镜头，有着共同的爱好。居然还能聊到共同认识的摄影师，不过悲的是我们聊到的摄影师认识我但不认识坚果哥，可惜坚果哥只认识那位摄影师而不认识我。

坚果哥的器材比我的器材高级，他把相机和镜头都保护得很好，各种保护套和贴膜，他一边神采飞扬地对我们讲

他拍到了活女神，一边拿出机器给我们看照片，机器像是崭新的。坚果哥告诉我们猴庙的逃票方法，原来他已经把加德满都玩了一圈。

我们告诉他接下来打算到了加德满都后直接去巴德岗，没想到一拍即合，他也打算去巴德岗。我们这里三人加上他，正好四人。这样的组合搭配其实在旅行中最经济实用，住宿、吃饭都很好解决，不会因为人少而愁吃不完，也不会因为人太多而意见分歧很难统一。

路上见到坚果哥，我们有时候会当着他的面吐槽说，这是一个不明智的决定，因为他比女人还要爱美，比男人还要能吃。臭美的程度夸张到让我瞠目结舌，在泰米尔区住的某个晚上，我觉得皮肤太干了需要去超市买面膜敷，朋友吐槽说尼泊尔的面膜你敢用吗。敢不敢用是一回事，尼泊尔人民使用面膜与否才是正经事。坚果哥一听到我要去买面膜，蹦出一句话："别去买啦，晚上到我房间来拿，我带了许多面膜。"我们其余三人几乎是一致惊讶得张大了嘴，面前这个看上去黝黑胖乎乎的大个子竟然会用面膜！面膜也罢，坚果哥的面膜还是特别定制的，外面买不到。他得意地说，这面膜是专门找工厂定制的，紧致皮肤、祛除皱纹。我打量了下这张面膜，这不就是三无产品嘛，没有生产厂家批号等信息，只贴着一个不干胶标签，疑惑地问坚果哥："这面膜靠谱吗？能用吗？"他得意地拉了拉大脸，真的是大脸，可以和一个圆饼 PK 的大脸："看看我这张脸，能不靠谱吗？"情急之下，我也不得不接受了坚果哥的特制面膜。

面膜已经是让我们三个震惊了，更夸张的是每天早晨出门，坚果哥总是最后一个梳妆完毕的。速度比女人还慢，他每天早晨起来会洗澡洗头，再敷个面膜，吹个发型，虽然头发很短。这生活比女人还精致，他说他要好好保养，现在还没娶到媳妇儿。自然好奇坚果哥的职业与爱情，因为熟了我们也肆无忌惮地跟坚果哥八卦。到现在我还能清楚地记得和坚果哥一起旅行被外国人问起职业时，坚果哥蹦出的那一句顺溜的英文"I'm a banker"。起初我们不知道实情，听到他说自己是 banker 时都心生崇拜。后来熟悉以后打听了他的职业，果然是搞金融的，只是坚果哥是放高利贷的金融界人士。他给我们讲了他忧伤的相亲经历，姑娘跟他

nexia
nexia

STD/ ISD
2nd Floor
PHONE CALLS
CYBER CAFE

也还算对眼，相处了短暂的时间后，姑娘的妈妈杀出来了问坚果哥的详情，直逼要害，一听坚果哥是放高利贷的，姑娘的妈妈拉住女儿就跑了。所以坚果哥很喜欢去寺庙上香拜佛，他说他五行缺德，得经常拜拜菩萨。

旅行途中，坚果哥的电话总是响个不停，又是一个大业务，即使是国际长途也阻挡不了他的业务。虽说这家伙是放高利贷的，可是对朋友非常仗义，热心肠，有难就伸出援助之手。我们在泰米尔街区扫街时，又一次遇见在大巴上见过的中国姑娘，微卷的头发扎着两个羊角辫，坐在路边弹着她的mini吉他，伴着娓娓动听的歌声，吸引了路过的人们驻足，大家跟着歌曲也哼了起来："爱，是共同的语言。"这句歌词久久在耳边回放。那时候我特别羡慕眼前的这个姑娘，能带着心爱的乐器，走到哪儿唱到哪儿，她骨子里那股敢爱敢闯的劲儿感染了我，不管是在陌生的国度还是在温暖的家，不在乎世人的目光与看法，捧着吉他席地而坐，肆无忌惮地唱着自己谱写的歌，无论天涯海角都与心爱的东西为伴。那种喜悦是无与伦比，弥足珍贵的。

从尼泊尔回国至今，时光已经流转了900多个日夜。不幸的是自然灾害无情地掠夺了这个善良、朴实、勤劳民族所创造出来的宝贵世界文化遗产，地震一夜之间摧毁了一座又一座

千年底蕴的历史建筑，也掠夺走了一部分生活在喜马拉雅山脉下善良纯朴的尼泊尔人的生命。

巴德岗杜巴广场上无数的寺庙在地震中遭到了不同程度的破坏。曾经这座没受过伤害的古城，有着无数打动我的细碎片段：清晨巴德岗铺满石块狭长而颠簸的小巷里，我和朋友们坐在只有几张小桌没有任何装潢修饰的早餐店里，习惯了烤吐司和牛奶的早餐让我对眼前的油炸土豆圈、油炸咖喱饺无从下口。我掏出饼干一边啃一边等同伴吃完早餐。

走出小店，晨雾还未退散，阳光透过两侧拥挤的木质房屋将空气中的一粒粒尘埃照亮，这是不大常见的丁达尔光线，摄影师最喜欢的一种光线之一。尼泊尔年轻夫妻怀抱着 1 岁多的小孩儿走向石板路的尽头，向着阳光那边走去。

这一场景的温馨程度，让我高兴得忘记相机不是挂在脖子上而是挽在肩膀上的，“哇！好美！”“天哪！我的相机！”一句赞美再接着一声尖叫，可怜的单反被我重重地摔在地上。佳能相机挺抗摔的，顾不上它是否被摔疼，画面里主人公快要消失在阳光里，捡起相机慌忙地记录下那一瞬间。

那天，我穿着宝蓝色长裙，踩着墨绿与棕色相间的巴洛克风格小皮鞋，步子就这样被裙子和皮鞋限制住了，一小步一小步地跨过层层狭窄陡峭的台阶，爬上有着千年历史、加德满都谷地最高的一座神庙——尼亚塔波拉神庙。两个尼泊尔孩子坐在这里嬉戏玩闹，看到我拿手机自拍时，正在进行的游戏戛然而止。他们俩躲在我身后，望着手机屏幕露出单纯而羞涩的笑容。我把前置镜头移动了一点位置，就这样和孩子们合拍了一张照片。

从见到巴德岗第一眼开始，就未把它当成一座有几千年底蕴的世界文化遗产，在这里，充斥着繁乱与静谧的生活，会让你忽略眼前的古城是教科书上写着的一座有着重要历史价值的建筑。感谢世世代代的夏尔巴人让巴德岗活了起来。

那一夜，杜巴广场上人声鼎沸，聚集了上千的信徒在此祈祷，他们点燃一盏盏油灯，轻触着悬挂的铃铛，闭着双眼跟着乐器念着经书，试图将自己的虔诚告诉神明。寺庙红墙砖瓦上的尘土印记在阳光的照耀下更显古朴，在微风阳光下追逐鸽子的孩童，那一双双清澈深陷的大眼睛和一句句羞涩喜悦的“Namaste(您好)”，希望你能驻足与他们玩耍。砖石铺设的路上，混杂着摩托车、小轿车、自行车和街边摆摊吆喝的商贩们，呈现出一片杂乱却又生机盎然的景象。

我热爱眼前的这座古城，但愿无论风雨如何摇曳，历经千年的王朝和地理变迁后，它依然平淡而又朴素，静谧而美好。

新西兰

上帝偏心过

被上帝宠爱的新西兰：冰川雪山、草地森林、湖泊大海、日出日落、银河星空，一生能有机会一次看尽这些美景就足够了。一边是气势磅礴的高山峡谷，一边是梦幻多彩的童话世界。当我真正到达过新西兰后才确定，上帝它确实偏心过。还记得以前看《霍比特人》这部电影时，被里面的玛塔玛塔场景所震撼，几乎被描绘成为与世隔绝的仙境：抬头便能望见湛蓝湛蓝的天空和大朵大朵的棉花糖白云，清澈碧绿的小溪依偎着村子静静地流淌，这里拥有着5000平方米的蔬菜和花圃，就像陶渊明在《桃花源记》里面所记载的世外桃源。那时候我就在想：这究竟是哪里？世界上竟然还有这么仙境般的地方存在？！原来这里

是新西兰。云雾缠腰的冰川，翡翠般清澈的湖泊。

带着憧憬启程。十几个小时的飞行，北半球的春天陡然切换成南半球大洋洲的秋天。初到新西兰时，觉得这里的景色与川西和内蒙古大草原有几分相似，发朋友圈调侃说我到了川西。慢慢了解新西兰以后，才发现它的美是无可挑剔的，一路上都让我感叹大自然的壮丽。在最接近南半球的布拉夫港口小镇给自己寄了一张明信片。小镇具有独特的意义，它位于新西兰本土的最南端，是贯穿新西兰南北岛的最长的 1 号公路的南端终点，或许这里会成为我一生所能到达南半球的最遥远的位置，在 Bluff 的斯特灵角路牌（Stirling Point Signpost）按下一张快门，记录我来过新西兰的天涯海角。

Oamaru，新西兰南岛小镇，位于但尼丁市以北 120 公里，这里盛产纯白色泽的奥玛鲁石以及世界上体型最小的蓝企鹅，小镇保留了英国殖民时期留下的建筑，让人恍如隔世。除了风景秀丽恬静之外，它还有着一个世界闻名的特色，被称为“蒸汽庞克之都”。这座小镇算是此行新西兰我最爱的一个地方。处处充满了文艺复古气息，小镇不大，但是对于历史与文化却保留得很好。

时光在这座小镇被定格，伴着夕阳走在小镇的街道上恍如置身于电影场景里。一半复古，一半清新。奥玛鲁镇上除了有居民努力保留下来的维多利亚遗风街区建筑和街道，我还在这里找到了贩售复古物品的店铺，翻百科全书才能看到的老式自行车。路过一个摆满旧式收音机的门店，好奇心让我走了进去。原来这里是奥玛鲁的电台播音室，叫作“Oamaru Heritage Radio”，宣传语上写着“Wireless

the way it was，on Fm 88.3&107”。一位秃顶的老爷爷正在播音，老爷爷问我要不要到播音室里面参观。与他交流一番，得知原来他是这个广播站的志愿者。这里的播音员都是志愿者，没有工资。老爷爷说他每周二和每周四到这里工作，他的一个儿子在中国工作。

都说新西兰的主色调是蓝色与绿色，虽然脑海里的新西兰早已被这两个颜色占据，但是没想到当 Lake Tekapo 突然出现在眼前时，心脏还是被抽离震住了。在阳光照射下，蒂卡波湖蓝得耀眼，简直不敢直视。随手挥霍几辈子积攒的蓝色宝石，只求你们对它的倾慕一瞥。眼前的这番湖光山色令人难忘，任何一张照片或是一段文字都无法与它媲美。如果你也在这里多好，不用费心组织文字如何描绘它，不用端起相机思考如何拍出它，只用站在这里静静地看风景，一定会被它的万千气象所打动。有那么一瞬间，只有巍峨壮观的雪山与清澈深邃的湖泊与你对视，让人不禁感叹，原来我们是大自然里多么渺小的个体，那些曾经的坎坷与困难又算得了什么呢?

内蒙古

可以开哭的 S303 省道

这一年夏，与伙伴们自驾上万公里，从北京到内蒙古再到甘肃与山西。有一段旅程至今难忘，过程像万里长征般的艰辛，结果却是意想不到的惊喜。去内蒙古阿尔山途中必经一条叫作 S303 的省道。这是一条 300km 长的边防柏油小路，碎石一路散落在只有 3 米宽的道路上。各种大坑与小坑让车辆不得不放慢速度，也难怪边防道路会修得如此坎坷，即使护养也不会复原，因为这条路上的货运大卡车数量实在多得令人惊叹。路上的沟壑大部分都是大货车碾轧所形成的。

我们从下午 7 点出发，开到半夜 12 点多，路程还未过半。夜幕降临，漆黑的路没有路灯。只得靠车灯照明前行，永远也望不到尽头的路，笔直延伸下去。四周

荒无人烟，唯有满天璀璨的星星相伴。途经辽阔无际的乌拉盖草原，《狼图腾》小说里曾经描写到狼出没的草原便是它。可惜只能借着微弱的星光想象这片草原是有多么美丽辽阔。

这一路，肚子跟我闹别扭。每隔半小时就上吐下泻，如此荒凉的地方连居民房屋都看不见，更别说服务区了。硬着头皮只能在大自然露天厕所解决问题，现在回想起来觉得拉肚子挺不错，至少让辛苦疲劳开车的小伙伴们有机会休息醒醒脑。尤其是后半夜通宵这一程路，我完全不敢闭眼睡觉。路途一直颠簸，有时候一不小心碾上碎石或沟壑，屁股立马弹离座位，就像小时候玩碰碰车那样被撞得飞离座位几秒。望着永不见尽头的前方，期待着出现一个转角。转角至少意味着这条路可能快结束了。这样期待着持续了四五个小时，然而路依然笔直望不到尽头。天色渐渐变亮，晨光照耀着大地，鸟儿开始鸣叫。慢慢地整个天空开始泛红，我们把车辆停在了路边等待日出。草尖上的露水在阳光照耀下晶莹剔透，远方一条带状晨雾横跨 S303 上方，壮观的平流雾与日

出交相辉映，仿佛置身世外桃源，一夜的疲倦在此刻一扫而空。不到一个小时，终于开出了这条魔鬼般的炼狱之路。

现在回忆起这段路程，最有意思的不是路程结束时出现了无数家补胎的修理店，而是沿途我们遇到的一个女司机，车停在路边，握着方向盘一个劲地哭。没错，居然真的有人被这条路开哭了。姑娘一车一人，我们以为她是遇到了野生动物或是被荒无人烟的漆黑草原给吓哭的。我把纸巾递给她，问她怎么了。她揉了揉水汪汪的大眼睛，含着泪花哭泣着说是不是开不出去了，连着开了七个小时都还不见马路尽头，两边永远都是一望无际的草原，会不会就一直被困在这条路上。我们告诉她路程快要结束了，还有几十公里，再坚持一会儿就能开完这条路。“你是一个人来内蒙古旅行吗？”我随口而问。她轻描淡写地带着略哽咽的声音说道：“我一个人来流浪。”抬头望向夜空，几滴泪水滑过她的脸颊。泪水里面分明写着忧伤的故事。“一个人太不安全了！怎么能独身一人呢？要不等会儿你跟着我们一起开出去吧？”姑娘不假思索地一个劲地点头答应着。再不畏惧孤独的人走在这样的一条路上也会开始恐慌，更何况是眼前这么柔弱的一个小姑娘。她跟着我们的车一起前行，半个小时后我们终于走完了这段魔鬼般的炼狱之路，在岔路口挥手与姑娘道别。

如果爱他，就让他去跑 S303，因为这里的美景是天堂；如果恨他，就让他去跑 S303，因为这里的路是地狱。这又是一次难忘的人生历练。读万卷书，行万里路，只有驰骋在天地间才能清晰地了解到大自然的伟大和自己的渺小。但当你征服了心中的目标获得了满足感又让你觉得人定胜天。

SRI LANKA

No.09

斯里兰卡

茶，眼泪，微笑

在去斯里兰卡之前，请不要把它想象得太美好，期望越大，失望也会越大。经过战乱以后，这个国度的经济与旅游业都还在发展中，旅游业很多地方需要规范。回想斯里兰卡的这一段旅程，是苦与乐同在。

当预订的酒店周围吵得你无法入眠时，
当提着大包小包挤在容不得你动弹的火车上时，
当遇到开口天价宰客的 tutu 车司机时，
当吃到咸得让你味觉麻木的饭菜时，
你会对这个地方失望透顶，竟然是这样一个破地方。
但如果你没有到达过斯里兰卡，
你永远不知道，
印度洋的海风是多么温暖湿润，
印度洋的海浪拍打声是多么苍劲有力；
也永远不知道乌鸦可以是吉祥与神圣的象征，
永远不知道《千与千寻》画面里的海上火车可以在现实里邂逅，
永远不知道在饱经战乱后的国度莲花还能依旧盛开，纯真善良还能依旧留存。

我最爱的一座小镇是努瓦拉埃利耶(Nuwara Eliya)。这里是斯里兰卡的最高点，有着“亚洲花园城市”的美誉。这里时常云雾缭绕，湿润的空气里能嗅出泥土与茶香，这里有东南亚最古老、最顶级的高尔夫球场，这里有上百岁的参天大树，这里“有世界尽头”之称的霍顿平原，这里有千年历史的亚当山峰。100多年前，英国人发现这块地方，建造了很多别墅、酒店和高尔夫球场，让这个位于斯里兰卡中部的深山小镇散发着浓浓的英伦气息，因此这里也有着“小英伦”的称号。

坐汽车从康提到努瓦拉埃利耶的路程并不那么享受。蜿蜒崎岖的盘山公路，时不时会遇到90度至180度的弯道，若吃得饱饱再去坐车将能感受食物在胃里翻江倒海，如果你能轻松地挺过泰国清迈到拜县山路N道弯的路程，这里也只能算是小菜一碟。康提到努瓦拉埃利耶这段路程最舒适的方式是乘坐绿皮小火车，坐在车窗边能嗅到清新的茶树香气，绿皮火车的大门从来都是敞开着，站在车门边学斯里兰卡人“开挂”，拉着铁杆探出身子与迎面而来火车上的陌生人互相击掌问好，下一秒才会回过神望着被拍红的手掌叫疼。努瓦拉埃利耶是斯里兰卡的富人区，这里大面积种植茶叶，以出口到欧洲为主。

红茶、香料及宝石是斯里兰卡最具代表性的特产，在这个国家500年的被殖民的历史长河中，法国、英国、葡萄牙、荷兰、西班牙都在这里留下了根基。最早抵达这里的西班牙人是嗅着香料的味道、尾随当地从事香料贸易的货船而至。在历经荷兰、法国殖民者短暂殖民后，英国人长达200年的殖民统治对这里产生了更久远的影响。他们大力发展咖啡、茶叶、橡胶、椰子等种植园经济，同时推进西方文明，在岛上建立了现代教育、医疗、司法、行政、交通等一系列现代文明系统，致使斯里兰卡一度成为世界上繁荣富庶的地方。

斯里兰卡是仅次于印度、中国的世界第三大茶叶生产国。他们的茶业是建立在咖啡业废墟上的。英国人早期在斯里兰卡大面积地种植咖啡，而一些咖啡树叶上竟然出现了黄色粉末状的斑块，咖啡锈病蔓延到了整个斯里兰卡的咖啡种植园区。为了弥补损失，农场主们又从印度与中国购入茶树种植在咖啡园里，而正是印度洋温暖的海风和丰沛的水汽，把来自印度阿萨姆邦的大叶种红茶彻底驯服，

衍生出了新的茶树种——锡兰大叶种茶。锡兰茶在采摘时多采用成长充分且经济实惠的“一芽两叶”作为原料，而非中国人倍加推崇的“鲜嫩芽头”，因而相比中国主推的茶树，小叶种粗犷厚重的味道中更多了一份灵动之气。斯里兰卡没有霜冻期，茶树也无须休眠，他们可以一年四季不停采茶，只要长出了“一芽两叶”就可以采摘制茶，这与中国讲究时节的制茶理念大相径庭。一个多世纪以来，锡兰红茶随着商队的船只征服了许多人的味蕾，乃至受到许多国家皇室显贵的青睐，产自斯里兰卡高山的红茶被认为是最好的，此中最好的茶厂出产的茶叶被纳贡给英皇室女王，成为御用饮品，由此锡兰红茶又被冠以高尚的头衔。旧时代讲究的老上海也会以喝“锡兰茶”为荣耀。

在斯里兰卡，茶属于每一个普通人。他们无时无刻不在喝着茶，一口香浓的热茶配上金黄的油炸咖喱饺子，或是配上锡兰人最爱的甜食和薯条，聚在茶铺无拘无束地喝茶，畅聊人生。虽然茶叶在日常生活中触手可及，可它却蕴藏着深刻的哲学。人生犹如茶一样，或浓烈或清淡，都需要我们淡淡品，浅浅饮。经过发酵用时间累积出来的茶，红茶、白茶、黑茶会越久越醇，随着时间推移它本身也在生产和延展。真正的好茶，来自深山，没有尘埃，只浸染云雾和清露，泡七八次都还有味道。在舌尖接触到它的第一秒，就能感受到它的浓烈与微涩，而后又能品味出云雾清露般的清冽回甘，丰富的口感层次，让你感受到它的气质与生命力。三毛曾经说，品茶有三道：一道苦若生命；二道甜若爱情；三道淡似微风。茶只有用心才能够品出其中的道理，一份淡泊，一份宁静，深入细致地品茶，就像品味漫漫人生一样，酸甜苦辣、淡雅别致、放纵与淡然，五味杂陈交织反复，才是真性情，把生活的味道延绵到远处，把世间的善恶一次又一次地冲淡区分，再继续我们的生活。

LIM Blue

Part II 留书

love letters for time

1. 致亲爱的爸爸和妈妈

我家附近的面包房有一种肉松卷烤面包，那里有我记忆里最美好的味道，蓬松香软的面包混着丝丝肉松与淡淡的葱油香，还有与妈妈分享的味道。

曾经每天最期待的事，就是吃到还带着余温的肉松卷，那时妈妈面临着下岗的困境，还刚好遇上搬家买了新房，经济比较拮据，这是她需要省钱为我买到的早餐。

六七岁的时候我生了一场大病，爸爸妈妈为此跑断了腿，带着我从绵阳的医院到成都的医院。为了赶上第二天早晨的专家会诊，司机连夜开车出发，我在后座躺在妈妈的怀里大哭，因为蛀牙疼得钻心。妈妈一直握住我的手，眼泪滑过她的眼角。

在医院化验抽血，从住院部把血液送到化验室的时

中国人民解放军空军
CABINET-PORTRAIT

候，医生刚好下班。任由妈妈再怎么说好话，医生也不肯接，一定得等到明天重新抽血再送到化验室。妈妈躲在一边偷偷哭了，她心疼我又要被针扎、被抽血，抽出那一试管血液的过程，对于当时的我非常痛苦。

妈妈把我从一个哭哭啼啼的婴儿一手带大并抚养成人，这漫长而艰辛的岁月夺去了她的青春。她的大部分青春都是被我自私地占据了，白发悄悄地爬上了她的两鬓。妈妈的记忆力在逐渐衰退，有时候会丢三落四。而不懂事的我会顺口责备她，怎么老是记不住。随着年龄的增长，妈妈变得脆弱敏感了，担心自己变老没用了，被我们嫌弃。妈妈就是那个不奢望你幸福的时候惦记着她，只希望你难过伤心的时候能够想到她的人。去过无数的地方但最温暖的地方还是家，不用强颜欢笑，不用伪装，所以在家的时候，不经大脑反复思考，我还是会无意识地说出一些让妈妈生气的话，可我从来没有嫌弃过从小倾其所有为我付出辛劳把我养育成人的妈妈。对妈妈的敬仰和爱，不曾改变过，未来也不会改变。所以亲爱的妈妈，希望你能宽心，别想太多。每一个人都会变老，更何况一路有我陪伴，我们一起变老。

爸爸是一个内向温柔的人。直到现在在

我的记忆里，他从来没有吼过我，对我凶过。在外面受过的委屈或苦，回到家里我会控制不住地发泄出来。任性倔强的坏脾气会在父母面前暴露无遗，有时候不开心忍不住会对父母说出几句语气很不礼貌的话，但爸爸从来都是包容着我，自己心情再差，他也不会朝我发脾气。他只会默默地到楼下点上一根烟排解心情，不愿影响我们的情绪。小时候到公园看灯会，担心我走丢又看不到漂亮的花灯，爸爸会一直把我举在肩上，让我的视野能够最开阔地看到五光十色的花灯，我坐在爸爸的肩上，两只小手紧紧地扶住他的额头两边，害怕掉下来。爸爸总会做我爱吃的熊掌豆腐、红烧土豆排骨、水煮鱼等，自己老是挑里面的菜吃或是一直吃着碗里的白米饭，想把肉都留给我吃。直到现在，每每我回家，尽管他白天工作再忙再累，下班回家他都会买好菜为我做各种我爱的菜。亲爱的爸爸，这些年谢谢你的包容与爱，只是希望你别抽太多烟了。

渐渐长大独立的这段时光，庆幸一直有父母陪伴着。未来，我会牵着你们的手，就像小时候你们牵着我的手那样，一直陪伴在你们身边。

2. 一页上海

似乎某些地方，它有着一种说不出的魔力吸引着你，光听名字便会爱上它，比如上海，于我而言便是一种魔力。

上海，在还未了解它之前，我以为“小资”这个标签再合适不过了。四年大学时光与它做伴，再后来辗转奔波，换过别的城市，但最后依然留在了这里。一座城市包容与否，或许从它的饮食文化和日常生活就能窥探出来。在上海，日本料理、韩国料理、港式茶餐厅、泰式餐厅、川菜馆、火锅、上海本帮菜、西餐厅以及无数有腔调、可以约会发呆的咖啡馆等，各式餐厅应接不暇以至于每次和朋

友闺密聚会前我都会出现选择综合征。

风轻云淡的午后散步在卢湾区，一边是穿着打扮或潮或优雅的俊男美女穿梭于高楼林立的大街；而或许在街道旁某个花花绿绿衣服挂满晾衣杆迎风飘扬的弄堂里，你就能瞥见穿着睡衣提着菜篮的阿姨大伯们；又或是一手牵着小狗，一手摇着蒲扇穿着大裤衩和纯棉背心在阴凉处乘凉嘎三胡（上海方言“聊天”）的阿伯们。要知道，很多老一辈上海人都有穿一件背心的习惯，大多数都是纯棉白背心，再简洁不过。针织背心里“三枪”“天鹅”都是名牌，纯棉材质，32支、42支，支数越高，棉织精度越高。大一寒假回家时，我跟父母讲在上海看到过很多大叔大妈穿着睡衣上街买菜，他们对此表示惊讶。直到妈妈来上海在我们小区里亲眼见到后才终于相信我曾经所述。2010年上海世博会开幕前，政府还曾为这个弄堂文化代表之一的“穿睡衣上街”发起了整风运动，禁止当地这个独特的习惯。“睡衣睡裤不出门，做个世博文明人”，如此引人注目的红色标语贴满了上海市的大街小巷。睡衣文化对于上海来说是传统与历史，而在2009年、2010年的时装周上，睡衣却是作为一种潮流与时尚登上了T台，Dolce & Gabbana就曾上演了一场华丽的巴洛克式的睡衣派对，如睡袍般的长衣、宽裤，中间再用宽大的腰带轻轻打上一个蝴蝶结，全是绸缎和真丝面料，超模们都在努力演绎一场“梦中的浪漫”。

倘若把家乡四川与上海放在一块儿，那么海纳百川、多元化的上海便是我的第二个母亲。上海，这些年扎根生活在这里，所有的欢乐、疯狂、悲伤、泪水、惊喜、彷徨、思念都悄悄地渗透到每一寸土地每一口空气里，每一个白昼每一个黑夜里。我曾试图将悲伤的记忆塞进一听没开封的啤酒易拉罐里并埋在同济大学的一棵树下，与大学最好的哥们儿开玩笑说，等毕业后哪天忘记了那些刻骨铭心的悲伤记忆，我再把那听啤酒挖出一饮而尽。可记忆它终归是用来记和忆的，或许随着时间流逝脑海里的那片记忆会被时间一刀一刀地抹平，但多少会留下些面目模糊的疤痕。

人是会变的，了解一个人并不代表什么。爱上一个人可以只用一秒钟或是用上一辈子，那么容易又那么艰难。可是忘掉一个人，从来没有很容易过。今天他喜欢凤梨，明天他可以喜欢别的。不要觉得你不够好，总有那么一个人会发现你、欣赏你、读懂你，在他心里你所有的一切都那么好。他会在你难过伤心时，递上纸巾默默地陪在你身边。他会跑遍整座城只为了买一袋你爱吃的糖炒栗子，一颗颗地剥开，把带着温度的小圆栗塞进你的嘴里。他会在你迷路时立马放下手里的事，飞奔到你身边陪你一起走。他会每学期抄下你的课表，提前到阶梯教室放上一本《高等数学》与一瓶三得利乌龙茶帮你占位。他会贿赂你的室友，只为了让你得到更多的关照。他会在你发高烧时，手掌摸摸你的额头并焦急地拉着你去看医生。有些人，你以为会跟他相濡以沫厮守一生，但是却在一个转身、一句道别后泪流成河。而你身着洁白婚纱那一天牵手的人，可能却是你不曾想过的那个人。时光，可以把相爱写成相爱过，也可以把陌生写成陌生过。

3. 你好“陌生人”，见字如见面

从小就喜欢收集漂亮的贺卡、明信片、信纸。这个习惯一直到现在也没变过。大二生日来临前，突发奇想地把印了自己拍摄的菜鸟水平照片制作成一批明信片。我到穷游网的明信片板块发帖，想要在生日那天与大家交换明信片，想收到来自世界各地印有生日日期邮戳的明信片。在生日那天把收到的祝福分享给世界另一端素未谋面的陌生朋友，贴上邮票、盖上邮戳等待它们漂洋过海抵达对岸。而后我陆陆续续收到了几十张大洋彼岸陌生朋友寄给我的生日祝福明信片，这些明信片上用不同的字体写满了祝福话语甚至还有和我分享小故事的朋友，虽然我们是陌生人，可每当从满箱的明信片里翻出它们阅读时，心中涌起一股暖流，像是与旧友在聊天。后来，我常常旅行，每到一个国家、一个地方，总会淘一些明信片和冰箱贴带回家。在路上，我会为牵挂的朋友寄一张明信片，为自己也寄一张明信片。

下楼取牛奶，我顺带看了看信箱，又有新的明信片，这次是来自北海道的明信片，落款依然是 William。第一次收到 William 寄来的明信片时，我很诧异，我不认识他，也不知道他是怎样知道我的收件地址的，明信片上 William 告诉我他在做导游，后来我总会收到他从世界各地写给我的明信片，陌生的字迹却是温暖的祝福。他告诉我“冲绳岛的海是蓝得流泪”“垦丁的海是蓝得深沉”“新西兰是上帝的后花园，希望你有机会也到那里去看看”。他用繁体字给我写明信片，我用简体字回寄明信片。

毕业以后，我频繁地搬过几次家。从上海到成都，从成都到杭州，从杭州再到上海。William 也从香港搬到了澳门，我们依然互寄明信片。“我很迷茫，是该考研还是直接工作。”“你知道吗？我竟然辞去了律师工作，父母也同意我干自己喜欢的事，我要到杭州去做摄影师啦。”我把心里话都写在明信片上寄给“陌生人”。某一年的中秋节，意外收到 William 从香港寄来的包裹，拆开白色泡沫纸，几盒铁盒装的荣华月饼和一张祝福卡片。新年时总会收到来自 William 的祝福贺年卡。四五个年头，从未见过的“陌生人”依然用明信片代替问候，用手写字体代替微笑，只是收到明信片的次数变少了。

亲爱的“陌生人”，谢谢你写给我的明信片，带我环游世界。如果你读到这一段，请再为我寄一张明信片吧。

4. 怀念记忆里的味道

我把家里第三把钥匙藏在15层的消防栓里，当然我不住15楼。有一天出门时想起来没带钥匙，下一秒对流风就使门砰的一声把我关在了门外。跑了几公里，从朋友家取回备用钥匙。一个人住，忘带钥匙就没人开门，除了开门解锁匠。开一次门换一次锁的价格贵得异常离谱，绝对算是趁火打劫，如同机场的一碗面、一个面包或是一瓶水，换个地方，身价就倍涨。每次远行出发前一秒不是在收拾行李就是在修片，匆忙离家时常会忘记把家里的东西清理干净，有时候会忘记把喝到一半的红茶倒掉，忘记把奶咖色马克杯清洗干净，待旅行归家后就是一杯发霉的红茶。去年4月从京都回来，发现家里茶几上多了一个豆绿色的小丸子，上面像是覆盖了一层面粉，和我在京都买的抹茶京果子长得一模一样。仔细看且闻到橘皮味，才想起是之前买的橘子发霉了。橘子被遗忘在角落，从外到内都坏得彻彻底底。并不是不喜

欢吃或是舍不得吃，而是忘记它了。也许因为现在的生活优裕，触手可及来得太容易。

这让我想起了父母。小时候家里经济条件不宽裕时，父母总是把好吃的省下来留给我，无论是出差带回来的特产还是亲戚朋友送的进口零食，他们都只尝一尝然后把大部分留给我吃，还骗我说“我不喜欢吃那东西，你把它都吃掉”。枕头边的一铁盒大白兔奶糖曾经被我独自吃空过一罐。晚上睡觉前还会偷偷撬开铁盖往嘴里塞一颗奶糖，因为那样晚上做的梦会更甜蜜，蛀牙也是因为这样长出来的。长大工作后，时常出差，每每总会买几盒手信带回家给父母，可他们对我撒谎说不喜欢吃的“习惯”却依然固执地保持着。特别是爸爸，他对我很慷慨大方可对自己节约得有点过分，总会舍不得吃，把食物留给我和妈妈。我想这种“亲情定律”应该每个人都体验过，它会像一股暖流般涌入抵达你的心脏。父母用这些亲情定律教会了我要如何付出爱，也教会了我如何生活：我经历的只有不愁吃不愁穿的年代，没有感受过 20 世纪 60 年代父母所经历的艰苦岁月。生活是可以靠自己的双手去创造与改变的，你可以选择过你想要的生活，但你必须要耐得住辛苦，不惧困难与艰辛，不畏将来，不念过去。

现在我还时常怀念裹着金色锡箔纸的金币巧克力、奶香纯正的娃娃头雪糕、放入舌尖就能感受到跳动的跳跳糖。我跑遍了家附近的店铺，为了温习那些我怀念的味道。惊喜地拆开它们并吃了一口后，竟然没有再想吃的那股劲儿。它们的味道是不是变过，变得没有小时候好吃。或许它们的味道从来没有变过，只是我记忆里的那个味道远比现实更美好。买过很多牌子的金币巧克力，也终究尝不出小时候的味道。才明白，我怀念的不是食物本身，而是孩提时它融进嘴里带给我的记忆与幸福的感觉。

5. 离开，重生

凌晨5点，从马来西亚抵达上海浦东机场。梦游般穿过长长的通道，到达口与行李提取处的距离远得如生命长河。刚一开机手机就响了，来电显示是妈妈打来的，我以为这是如往常一般的问候电话，每次飞行父母都会等到我落地的信息或电话后才安心。电话那头，妈妈的声音很沉重。第一句话就让我从梦游中醒来："奶奶现在正在医院抢救，不知道能不能挺过来，

你到上海了吧？先安全回家好好休息，做好随时回家的准备，有可能老人挺不过这关。”回家的路从来没有如此沉重与漫长。漫长的等待，终于等来了好消息。奶奶抢救过来了，老人的心从此与心脏起搏器连在一块。我和奶奶通电话，刚清醒恢复意识的她却依然能记得我。

可她终究还是在 2015 年年初和亲人们永远告别了。我从云南丽江参加完活动刚抵达上海，第二天

早晨接着飞回四川，见到奶奶的最后一面：她静静地躺在棺材里，闭着双眼，脸颊冰冷，神态如往常一般安详，奶奶走得似乎没那么痛苦。长大懂事后，我第一次这样赤裸裸地面对亲人的死亡，泪水夺眶而出。

在我还没有记忆的两三岁时，我和爷爷告别，因为不明事理，所以没有留下太多的悲伤。奶奶离开我们前，亲手做好了一坛豆腐乳，问三叔要怎样才能把豆腐乳寄给我吃，她依然记得我只喜欢吃她亲手做的豆腐乳。我出生在大山里的小镇上，2008 年汶川大地震时，擂鼓镇几乎被摧毁，儿时生活过的那个家不复存在，而 6 岁前生活在那里的点滴却依然印在我的脑海里。小时候父母工作忙，上班前都会把我送到乡下奶奶家里，下班以后再来接我回家。我特别闹腾调皮经常做错事，被妈妈打骂时奶奶总是哭着护着我，不让我挨打。后来我们家搬到绵阳了，每年小学寒、暑假我都会让父母把我送回老家住上一个月，有半个月是跟奶奶住一起。她平时喜欢逛庙子拜菩萨，那会儿我身体不大好，经常感冒发烧，一生病她就会去寺庙帮我祈福烧香。小学四年级时，我们把奶奶接到了城里。父母出差时，因为一个人睡觉害怕我就会跑过去和奶奶一起睡觉。读大学后再回老家，有一次因为床位不够所以和奶奶睡在一起，她一边整理床铺一边对我说："我床不脏，被单才换过。"我恍然大悟，这么长的岁月，每每过年回家，我都没有和她一起睡，她一直在心里觉得我长大了，开始嫌弃她，她所以才没和她睡。小学五年级时，某次父母出差没在家，一道家庭作业题做不出来。我的自尊心比较强，如果有没完成的题目憋在那里就会特别难受。那天晚上我坐在书桌前哭了，就因为做不出一道题。没读过书也不识字的奶奶看到我哭，她也着急了。到现在我都还清晰地记得她为了不让我难过哭泣，拿着我的试卷下楼到处去问附近的邻居有没有人会做那道题。

去上海读大学后，只有过年时才回老家看望奶奶，匆匆地待上一两天就和她道别。长大了，不会像小时候那样一直黏着奶奶，抓着她的手不肯放。也不会像小时候那样，幼儿园放学回到家就扑在奶奶的怀里委屈地大哭，只因为不小心把同桌的一块饼干撞碎掉在地上被老师责骂。一年 365 天那么长，陪伴老人的时间却不到 24 个小时。去年 10 月爸爸回老家，问我要不要回去看望下奶奶。我犹豫许久最后还是决定等春节回老家时再一起去看望她。虽然也想过，年龄大的老人经不起等待，他们每天都在倒数这辈子余下的日子，可我一直抱着侥幸心理认为奶奶还能陪伴我们长长的岁月。不小心留下了许多的遗憾：老人去世的前几天我还在云南，买了鲜花饼给奶奶，打算春节带回老家给她尝尝。我是摄影师却没有给奶奶拍过几张照片，她只知道我在世界各地拍照工作，而我从来没把拍的照片给她看过。她记忆里的我，或许还停留在上一个年头的大年三十又或许是小时候的我。

不敢去想象未来要如何面对我深爱的那些人的离去。或许死亡只是一场梦，一次遥远的搬家，一场环游世界的旅行，一次若干年后的重生。那些我爱着的而离开我的人，他们撑着伞飘过一片橙色的大海到达彼岸，开始新的生活，彼岸的世界再也没有悲伤，不畏长大变老，因为那个世界是跟现实世界颠倒着，从老龄倒数而活。无论生与死都值得被珍惜，感谢奶奶的离开让我更加懂得要握住现在的时光，去珍惜报答养育我的父母，永远不要再说等，现在有多大的能力就用多大的能力感恩。生命的长度有限，不再试图给生命增加时间，而是要努力给时间赋予生命。

6. 从律师到摄影师，追梦之路从未停歇

人的一生会有多少转折点在于你爱不爱折腾。或许有些人的路走得比较直，没有太多的弯也没有太多的上坡与下坡。而爱折腾的人，会走更多的弯路，乐此不疲地上坡与下坡，跌宕起伏。如此折腾的人生，是需要足够的勇气与毅力才能支撑下去的，因为很有可能你在某个下坡路跌入最低谷就再也无法爬上来，没有强大的勇气与信念支撑就再也无法抵达下一个最高点。

我是个爱折腾的人。初中时，每次月考与期末统考学校都会把大家的考试成绩全年级拉通排名，大家人手一份成绩单，班里每个同学每门功课多少分、排名第几大家都一清二楚，最为残忍的是每次统考座位都会按照上次考试名次编排。十几个考室，我努力让自己的座位保持在第一考室里。自然大家也都会关注第一考室第一个位置上坐的是谁，而那个位置上几乎一直是同一个姑娘，简直就是奇迹，记忆里只有一两次那个座位上不

是她。她中考顺理成章地考进了全市仅有的两所国家重点高中之一，在那个几乎靠成绩说话的年代，唯有认真地读书考试。那时候我最为骄傲一提的事是高一期末全市统考，发挥超常考了全校第三名，全市第四名。这是高中时代的一个制高点，接着我又开始折腾，高二结束那年决定偷偷转校，不敢告诉班主任想转校换个读书环境的想法。我们的班主任是个聪明厉害、有说服力的人，那会儿一直担心告诉他转校想法后会被洗脑放弃，所以没和老师打招呼就偷偷去了别的学校。有时候也会彷徨，怀疑自己在高三时转校的这个决定是否正确，每天高三晚自习下课后已近10点，迷茫与压力快溢满大脑时，我常常与处境相同的朋友倾诉当下担忧、高考与大学。还不曾跨入社会的我们，那会儿只知道作为一名学生的首要目标是考上好的大学，才会有好的前途。爱好与梦想，似乎是件遥远而奢侈的事。而那会儿离我最近的理想与目标是考入上海复旦大学。

高考小小的失足，没考上理想的大学，而被理想大学隔壁的大学录取了。稀里糊涂地挑了一个看似还不错的专业，我成为了上海同济大学法政学院的一名学生。或许因为初中、高中的弦绷得太紧，进大学后那根弦一松，拉不回来了。冬天早晨仅仅为了想睡懒觉，时常绞尽脑汁想各种逃课的理由。也出现过逃课未遂的情况：接到前方情报老师要中途点名，立马以百米冲刺的速度飞奔回教室。似乎大学时我在竭尽全力地做一个“坏学生”，当然每次考试前必须临时抱佛脚，恶补狂背书本才能顺利考过不挂科。

大三时偶然与摄影结缘，如今与它形影不离。某段时间无聊到白天在宿舍阳台晒太阳织围巾，晚上与室友们聊天讲八卦。于是萌生了想买相机记录生活的念头。那时候我对摄影一窍不通，更别提器材了。挑了一个自认为长得特牛的数码DC，富士的一款长焦数码相机，外形酷似单反。倒腾了一个月后，某日在学校海报栏上看到雀巢咖啡举办的摄影比赛，“三等奖 iPod ”。为了想得三等奖，抱着试试看的心态参加了比赛。最后出乎意料地获得了摄影比赛一等奖，奖品是一部佳能的单反，也正是那台单反开启了我的摄影之路。没有任何理论基础，也没有摄影圈子，我就自己瞎折腾，拿着单反凭感觉随意拍照。只要在我眼里看起来觉得或美丽、或有意思、或特别的画面，我便会按下快门记录下它们，但我不喜欢浪费快门，每张照片拍摄之前都会有那么几秒的思考时间。后来在网上下载了破解版的Photoshop。一边倒腾拍照一边自学研究Photoshop软件。或许因为小时候六七年美术绘画班学习积累的功底，或许因为有一些艺术天赋，拍照对于我来说似乎没那么困难，很快就能上手。有时候甚至觉得它比绘画更能迅速直白地表达想法。

小时候，我最大的梦想是当一名画家。因为喜欢画画，妈妈给我报了少年宫的美术班，后来兴趣越来越广泛，陆续又报了写作班、书法班、表演班，等等。直到大学一发不可收拾地爱上摄影时，萌生了想去法国读研攻读艺术专业的想法。有时候别人会问甚至我自己也会疑问，既然那么喜欢艺术类专业，为什么当初高考时不直接报考艺术院校或者相关专业？也许是因为受应试教育和父母老师的影响，就连我自己在读高中时都对艺术专业有偏见：艺术专业是考不上重点大学的同学才会去报考的。我不知道这样的想法曾经是怎样地根深蒂固植入我的大脑的，直到我进入大学后才慢慢明白，不要太在乎旁人的看法，不要轻易把梦想寄托在某个人身上，未来是你自己的，要倾听遵从内心的选择。大三时，面临了考研、留学，还是找工作几个选择，那时候去法国留学攻读艺术专业的想法越来越强烈，与父母交流了想法后我立马着手准备起来。利用平时晚上和周末以及寒、暑假时间，我在上海法盟班专心认真学习法语，法语成绩也一直保持班级里的第一二名。每件事一旦下定决心要做，我总会竭尽全力去完成它并想做得最好，这样即使结果不令人满意，也不会留下太多遗憾，因为在过程中我已尽力。直到亲自准备好把一份份申请材料寄到法国的几所公立大学之前，我依然憧憬着浪漫的法国艺术梦。当拿到留法预录取时，内心矛盾又一次开始挣扎，由于太多不确定因素和转专业可能面临降级风险等原因，我突然决定暂时放弃留法之路。深深地记得，当妈妈听到我在电话里说要放弃留法时，她惊讶地叹息。说她的梦在那一刻仿佛落空了。大概因为我占据了母亲的整个世界，她所有的心血汗水与期待都通通倾注在我身上。留法梦想就这样看似风轻云淡地散掉了。

错过了毕业前夕找工作的黄金时期，放弃留学，没有工作录取单位，也没有考研，毕业前夕似曾相识的迷茫、惆怅、焦虑再一次涌向我，仿佛回到四年前高中毕业那时。又一次面临人生的转折点，所谓的前途总会让我心脏一抽，深吸一口气，压力与惆怅扑面而来。我对自己攻读的法律专业并没有一丝的喜欢，可为了给措手不及的决定与碌碌无为的大学四年一个交代，毕业前夕我突然决定报考国家司法考试。

在毕业后的那两个月，为了准备司法考试，为了把大学四年的知识恶补回来，我几乎把自己与世隔绝。每天重复着一样的轨迹：从早到晚看书、做题、背书，固定一个小时上网，半个小时运动。当这样熬了两个月后再回过头来看这段时光，就连我都被自己的毅力和耐力震惊到。这种拼尽全力去做一件事的感觉似曾相识，遥远的四年前，为了高考也曾这样奋斗过。也许是因为走到尽头别无选择，你能做的只有咬牙坚持下去，放手一搏。

通过司法考试，顺理成章地去了律师事务所工作。从整理案件卷宗到书写诉状再到法院立案，从处理法律顾问单位的日常法务再到一个人独立开庭起诉应诉，每天都是和卷宗、合同、法条打交道。潜意识里我一直认为律师职业和医生职业有些相似，需要靠年龄、阅历、经验来丰满，一个看上去满脸稚气的黄毛丫头，哪个客户能完全信任呢。平时我是个特爱臭美的人，为了让自己在外表看上去更老练成熟，我把柜子里的破洞牛仔裤、铆钉皮衣、各种颜色漂亮的帽子围巾都通通收起来了，取而代之的是一身职业装扮。我调侃自己是身在律所，心在遨游世界。内心对摄影的热爱却始终没有放弃，似乎生活的乐趣依然离不开相机。

原本我应该走的是一条实习律师到执业律师的成长之路。正巧遇到一个偶然的工作机会，可以选择去杭州的一家皇冠淘宝店铺当签约摄影师。一边是父母长辈眼中稳定牢靠的律师职业，一边是我所热爱却前途未卜的摄影职业。专职摄影师于我而言是一个全新领域，没有相关的人脉，没有相关工作经验与学习背景，我所拥有的仅仅是对摄影满满的热情与爱。在律所工作的这一年，我时常问自己：现在过的生活是你想要的吗？你过得开心吗？其实我并不热爱手里的工作，只是为了工作而工作，为了让自己不成为别人眼里的“闲人”。

面对转行抉择时，我犹豫过。但每次拿起相机时，我总能清晰地听到自己内心的声音。对摄影的热爱始终没有放弃过。趁着还年轻、还握有大把的青春时间、还有一腔热血的时候为什么不放手一搏勇敢地追逐自己的梦想呢？这世上很多人带着梦想活了一辈子，却从来没有认真地去尝试实现它。毕竟，敢想的人很多，敢做的人却始终很少。我不愿把青春与时间浪费在举棋不定中，与其假想不如采取实际行动，如果我们不去尝试，就永远不知道它是否会实现，也永远不知道你有多大的潜力。我曾想过转行以后面临

的各种困难，也曾担心害怕失败，但我更害怕后悔：每个人的下一秒都无法预测，我们能做的只有紧握并珍惜现在你所拥有的，尽量不给自己留下遗憾。我不愿走到人生尽头时留有太多的后悔与遗憾，当机会放在面前时，为何不选择努力尝试一下。在追逐梦想的路上，可能会碰到挫折和不幸，会遭遇失败与打击，但如果自暴自弃，沉溺于痛苦之中，那么终将一事无成，“拨开云雾，你会看到满天的阳光”。有时候人就是在不断地探索，又不断走错路的过程中才能发现自己真正希望得到的是什么。但你要明白，每段路都不会白费，困难是短暂的，要有“锲而不舍，金石可镂”的执着精神，朝着梦想奋力向前奔跑。你绕了几个弯，你经历了很多时间的考验，最后却依旧朝着同样的方向奔跑，那些你吃过的苦、受过的委屈、经历过的失败，从来都不会白费，它们都会化作养分，灌溉最初的梦想。

这些年，我最想感激的是父母。他们给了我最大的自由、成长空间与关爱。从小到大做任何事，我总想在能力范围内把它做到最好，不管是考试升学还是业余特长学习几乎没有让父母失望过。每当面临抉择的时候，父母都会尊重我的选择，在聆听了我的选择理由后也总会给予我最大的支持与鼓励。高中择校、高二文理分科、高三转校、高考填报志愿、大学留学、毕业工作再到从最后的律师行业转入摄影行业，这些人生中比较大的决定也是因为父母给我充分的自由与尊重，才让我能幸运地主宰我的人生道路。

其实我骨子里还是挺向往自由的，独立自强的个性，只有在最熟悉、最亲近的家人面前，才会暴露小小的倔脾气和脆弱。回想四年前离开家乡到上海读大学，害怕离别时大哭所以坚持不让父母送我到大学。道别时不忍看到妈妈湿润的眼睛，挥手再见后我一直没有回头望望他们。不到18岁就要远离父母，独自一人去新的城市生活，做父母的都会放不下孩子。后来妈妈告诉我，当时送走我后，她倚在爸爸的肩上哭了很久，可我却头也不回。其实是我不敢回头，害怕回头以后我也会失控痛哭。再次与父母道别，离开家乡，只身一人来到陌生的杭州开始了新的生活与工作。几次拍摄后，我对服装拍摄流程很快上手了。可是我没有想到，每次拍摄后都是大量的修图与设计工作，甚至经常在店铺上新产品前通宵熬夜工作。当时为了签约我到杭州去做专属摄影师，公司承诺会为我租一套条件不错的房子。而我到了杭州那会儿，正值杭州最热的时候，在公司厂房集体宿舍住了一个月后，实在熬不住没有空调天天闷热的日子，便催问租房情况，搬到新住处后发现公司为我配的这套房子外观是高大上的威尼斯建筑风格，里面却是还没入住过的毛坯房，没有任何家电设备。凹凸不平的水泥地面上草草地铺了地板，这大概是我住过的条件最差的房子。至今我也没有告诉过父母，那时候也不敢让父母到杭州来看望我。我担心一旦让他们知道我住那么差的房子，工作还经常熬夜，会心疼地让我辞职回成都，回到他们身边生活。而我如此热爱的摄影工作才刚刚入门，我不甘心放弃它，也正是因为内心对摄影的热爱支撑着我熬过了那一段艰苦的生活。

在公司工作了一年，我积累了人像拍摄经验，可依然无法接受通宵熬夜的工作方式，仅仅做一名签约摄影师也不是我的梦想。那时候在图片摄影网站刚好认识了一些朋友，也遇到了后来工作室的两位合作伙伴。于是我告别了摄影职业生涯第一个成长的地方，辞掉了签约摄影师的职位。从零开始，与朋友合伙在杭州成立了IMO摄影工作室。工作室成立初期，因为我没有任何的客户资源积累，也没有太多的样片作品，前几个月几乎没有接到一单拍摄，第一个月负收入，第二个月好像有几百元的稿费收入。我把毕业后工作攒的钱用来购置了摄影器材，账户上剩余的生活费只有四位数。而我一直不习惯主动伸手向父母要钱，在我还有能力靠自己生活时也不太愿意接受父母的资金援助，觉得那样没出息。我一直认为成年后就应该具备独立养活自己的能力。在大二时我开始当家教辅导初中、高中英语和数学，把赚的钱存下来当作自己的旅行资金。在工作室成立初期的前几个月，微乎其微的收入，跟辞职之前的收入对比落差很大。妈妈经常打电话问我钱还够用吗，不够直接给我打过来，让我别委屈自己。为好朋友在同济校园里拍了一套婚纱照，那差不多也算是我的第一套婚纱作品。工作室的合作伙伴带我去他们客户的婚礼现场拍摄，这也让我在短期内成长，学习到了很多东西。当我有了几套婚纱、婚礼样片后，朋友也开始向客户推荐我，这样一步步扎实走稳，每一套照片拍摄都用心尽力去完成到最好，在拍摄中逐渐形成独特鲜明的个人风格。工作室成立初期，我给自己定位了主要拍摄方向是旅行婚纱与婚礼。因为之前我在淘宝店拍摄人像，觉得个人写真的拍摄方式虽然可以拍很多种类，不同的风格，不同的类型，但是旅行婚纱照不一样，每对新人的爱情故事是不一样的，每个幸福的瞬间又是不可复制的，这一点让我很着迷，婚纱与婚礼的照片对于他们来说有着不可替代的感情与意义。旅行婚纱又恰好将我热爱的旅行结合起来。回首自己创业最艰难的时光，父母永远都是在电话那头关心我吃饱穿暖没有、手里钱够不够花，不求回报地给我创业启动资金，他们从行动上一直在鼓励支持我。

说不清拼命努力去实现梦想的原因，但唯一没有停下来追梦的脚步。很庆幸为了想要实现长久以来的梦想，我熬过了那段艰苦黑暗的日子，也并没有因为困难阻挠而退缩或放弃。在追求摄影梦想的这条路上，总会遇到不喜欢你、不看好你的人，而我总是一笑而过，默默在心里告诉自己：要加倍努力，我没有能力让每个人都支持喜欢我，唯一能做的是让自己变得更好，从行动上努力，也许终将有一天，那些曾经不看好你的人会发自内心地敬佩你。

7. 写给时光的情书

走过了一季又一季，从夏蝉鸣叫到雪花飘飞。
飞行了一程又一程，翻越云层，在漫长无边的黑夜里数星星。
无论是沿途路遇的万物精灵还是绿叶繁花间闪烁的微光，
它们都将会成为时光里闪闪发光的记忆，
风花雪月，四季轮回，踏过飘雪的佛国圣地。
风和日丽，流连于如电影般美而不实的场景。

旅行途中，那些看过的风景、听过的故事、遇见的微笑总会让人心安。
用镜头记录那些指间悄悄溜走的时光，
用快门定格即将逝去但却温暖的回忆，

流转的光阴，不言不语都是好风景。
我们都需要时光，成为更好的人。

我在圣托里尼 Oia 小镇等待最美的日落。
我在茶卡看这世界上最纯净的蓝与白。
我在克里特岛拜占庭风格的街区收集基克拉德斯的蓝与威尼斯的土黄。

我在马泰拉探寻千年古迹，感受穴居的斑驳与南意人民的热情友好。

我在阿尔贝罗贝洛与友人重逢，穿着红裙与白顶锥形 Trull 屋合影。

我在大理守望渔火与星光相伴的洱海。

我在巴黎遥望夜色中的埃菲尔铁塔，在香榭丽舍大道的 Angelina 吃甜到发腻的勃朗峰栗子蛋糕。

我在西藏呼吸高原稀薄的空气，伸手触碰蓝得纯净的天空、棉花糖般的白云和暖暖的阳光。

我在北海道邂逅梦想的生活场景，独栋木屋、参天大树、一望无际的农田与花海，种下一颗新的愿望。

我在新西兰攀登云雾缠绕的冰川，在翡翠般清澈的湖泊边仰望夜空中的南十字星。

我在台湾古早味的市场里寻找美食，仅仅是为了一碗黑糖刨冰或是一份卤味。

为了靠自己，支撑起一个自由与旅行的摄影梦想，

为了奖励给自己与父母一个又一个美好的旅程，

努力工作，简单生活，用爱与微笑感恩世界。

人生本来就是一场望不到尽头的旅行，说不定哪天就走到了终点。

当你回望走过的这一路时，

唯有美和记忆，

会让时光具备形态。

我们都是时光的旅行者，

行走在岁月洪流中，

却各自有着说不出口的烦恼。

但你要明白，旅行不是去流浪远行，不是去逃避现实。

在某种意义上，旅行是归家的路途。

因为我知道，那个停不下来脚步，

好奇世界游走在路上的我，

是一直被人呵护惦记，

一直有股温暖的力量支撑着。

最美的时光，

有亲人、爱人、友人，

有你们，

还有一个 better me。

Part III
光影
photography

一、摄影入门篇

1 器材

1 单反

如果不怕累、不怕重，那么还是选择单反吧。机身再加几个镜头，我一般携带的器材是佳能 5D2，镜头是 Canon 35mm f1.4、Canon 135mm f2.0 和适马 12—24mm f4.5 ，每次我都会怨念，好重！一度想更换机身，换到 1DX，后来想想那个重量便打消念头了。如果你带了单反却把它当傻瓜机用，超级浪费体力有没有？！所以下面的基础理论要认真学习哦！ 35mm 的焦段可以拍摄风景和环境人像。

135mm 焦段我很喜欢，这个焦段会把前景与背景进行压缩，因而会把人拍胖，但是它拍摄出来的景深非常好看，会有一种电影场景感。在一些辽阔的地方拍摄风景，常常也会需要用到长焦镜头。

适马 12—24mm f4.5 这个镜头是超广角，我常常用它来拍摄风景和一些环境人像。

焦距 12mm

焦距 135mm

焦距 18mm

焦距 135mm

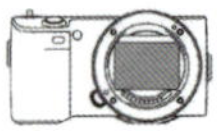

2 微单

如果不是拍摄工作需要用到那么多焦段，我宁愿选择背上微单去旅行！小巧轻便，画质还不赖。有些微单的外形超级美丽，可以当道具哪！不过作为对照片画质和取景构图有偏执症的我来说，还是会选择带几个镜头和单反。

3 数码小 DC 或手机

不要嫌弃手机的拍照功能。当然前提是你手机拍照效果还算过得去。旅行时我常用 iPhone 拍照，因为拍完后可以立马用 APP 处理后期，即刻分享到网络上。手机后期软件推荐 Snapseed 与 Vsco，前者对光影、暗部、亮度和饱和度处理比较到位，后者则擅长调出胶片色调。

1 白平衡

简单地说就是告诉相机，在有颜色的光线环境下哪种颜色是白色。相机只要知道了当前光线下哪种颜色是白色就能自己平衡其他颜色，不会使拍出来的照片产生颜色偏差。一般情况下，相机的自动白平衡还是准确的，偶尔在某些特殊环境下如强暖色光或者冷色的日光灯或聚光灯下需要预设白平衡。（具体方法参见相机说明书）

2 景深

景深是指在摄影机镜头或其他成像器前沿能够取得清晰图像的成像所测定的被摄物体前后距离范围。在聚焦完成后，在焦点前后的范围内都能形成清晰的像，这一前一后的距离范围，便叫作景深。

影响景深的因素主要有三个：

A. 光圈的大小

光圈越小（f值越大），景深越大（上图光圈 f8.0，景深非常深）。↑

光圈越大（f值越小），景深越浅（下图光圈 f2.5，景深非常浅）。

如果希望景深浅（即对焦的主体清晰，主体前后背景虚化），则使用大光圈F2.8、F2.0，如果希望主体与背景都是同样的清晰，则使用小光圈如F8、F16，等等。

下图使用了光圈 f10，背景与人物都相对清晰。↓

B. 镜头焦距的长短

在光圈相同的情况下，焦距越长，景深越小；焦距越短，景深越大。比如广角镜头，景深一般都很大，而长焦镜头由于其光学原理决定了它的景深比短焦小。

下图为 12mm 焦距，景深很大。↓

右图长焦镜头拍摄，光圈 f4.5。可以看到此图景深较小（通俗讲就是背景虚化比较厉害）。→

C. 距离被摄体的远近可以决定画面的景深

摄距，也称物距，它是指焦点至镜头之间的距离，不是镜头前任何物体至镜头的距离，因为只有在焦点前后才能形成一个清晰的区域。

物距对景深的影响表现为：在焦距和光圈不变的情况下，景物离镜头较近时，景深较小；景物离镜头较远时，景深较大。

3 光圈

定义：相机的光圈由一系列叶片组成，中央形成一个圆形的孔。调节叶片就可以调节孔的大小，控制光线进入量。光圈大小改变，孔径就改变。最大孔径我们用 f 来表示。f 的数值越小，孔径越大，镜头进光量就越多。

A. 光圈与景深的关系

光圈越小，景深越大，景深与光圈成反比。

比如下图，光圈均为 f2.8，景深非常浅。

下图光圈为 f5.6，景深则比较深。

B. 光圈与曝光时间的关系

在相同光线相同曝光量的情况下，光圈越大曝光时间越短。

光圈与曝光时间的关系，举个形象的例子：我们有几个水杯都需要装满一杯水，水龙头开得大意味着大光圈，水龙头开得小相当于小光圈，装满一杯水的时间是曝光时间。显然水龙头拧得大的那边接满一杯水所需要的时间更短，因而在相同光线相同曝光量的情况下，光圈越大曝光时间越短。

4 iso 感光度

在能端稳相机的前提下，iso 越低越好，理论上来说我们端稳相机的前提是指快门速度在镜头当前焦距分之一以上，也就是用 50mm 镜头的安全快门要快于 1/50 秒。iso 过高，就会使画面出现噪点，降低图像质量。相机自带的防抖动功能，只能起到一定辅助作用，不能完全依赖。

摄影
技巧
-3-

1 | 广角人像——小个子姑娘们看过来，给你一双大长腿！

超广角镜头其实是把双刃剑，用得好，可以把小个子拍成长腿高妹；用得不好，瘦子会拍成胖子，高个子会拍成小矮人。

A. 人物位置。

使用超广角拍摄人像时，人物位置尽量在画面的中间或者中间附近区域，太靠左或者太靠右就会产生畸变，把人拍胖。要把人拍高，我们需要低机位，同时人物脚的位置与画面最底端要保持一点点距离，而不是留一大段距离。为什么需要选择这样的位置？我先讲讲广角的原理。大家把广角镜头想象成一张有弹性绷直的橡胶布面，如果我们把人物放在画面最中心，用手指去戳中心点，有弹性的布面会向前拉伸，视觉效果是人随着向前戳的手指被我们越推越远，显得越来越小。这就解释了为什么把人物放正中心后，人物反而会被拍得矮小。如果我们将人物放置于画面中心偏下的位置（人物脚离地面一点点空隙），依然是把橡胶布面正中心向前推，这样人物的脚反而会由于布面变形而拉长。

想要用超广角把人拍出大长腿，把人物放在画面中心偏下一点，脚与地面仅留一点空隙。

注意脚与地面的距离。控制好脚与地面的距离，立马大长腿！

B. 如果用超广角拍摄半身人像，牢记要把人物往中间放！否则靠边缘位置会被拉伸得相当惨烈。比如左图，在用广角拍摄人像的时候，我会尽量把人物放中心位置，而利用超广角正好把新娘的婚纱拉伸显得婚纱华丽。

2 | 风景——快手拍明信片般的风景照

拍摄风景的焦段不限，超广角、短焦、中焦、长焦都会用到。超广角拍摄的风景照片具有视觉冲击力，通过镜头畸变能把天空的云彩或者大海拉伸一番，但是需要注意构图。

一般来说风景拍摄构图运用三分法比较多，上面天空好看的话，可以让天空占画面三分之二的比例，地面或者海面比天空好看时，让地面或海面占三分之二。谁好看，谁就占得多！

下图这张的构图就不完美，天空和地面海面对半切了，画面如果让天空再多入镜一些比较好。

3 要有光和影，照片才会说话

晴天最适合拍摄的两个时间点分别是日出与日落。光线比较柔和且层次丰富，在这个时间段拍摄出来的图像更加柔和，颜色更加温暖。

一般正午时（11点至14点），太阳光线强烈，物体受光部分与背光部分的光比太大，而且光线硬，阳光下拍摄出来的人脸阴影特别重，所以这个时间

段通常不适合室外拍摄。建议去找咖啡厅等室内或者比较阴凉没有受到阳光直射的地方拍照，这些地方光线相对柔和一些，光比没阳光直射下那么强，因而也可以拍照。

雨天路面的积水可以形成倒影，给拍摄带来一些有趣的视觉效果。

雨过天晴还能有机会遇到彩虹。

如果要拍摄夜景，那么日落后到天完全黑之前，这一段时间特别适合。天空拍摄出来有些泛蓝，比漆黑的天空拍出来美丽一百倍。整体色温也会偏冷，利用暖黄的灯光与冷色调形成冷暖对比色。

区域光是指画面中被拍摄对象并没有全部受到较为均匀的光线普照，只是表现主体中某一部分或者被拍摄场景中一些相对重要的对象受到了直接光照，其他对象只受到天空漫射光照，即出于阴影之中。这种光线在风光摄影中起到了画龙点睛的作用，区域光适合用点测光或者中央重点平均测光功能。

还有一种光线也非常神秘特别，它叫丁达尔。丁达尔是指当一束光线透过胶体，从入射光的垂直方向可以观察到胶体里出现的一条光亮的“通路”，这种现象叫丁达尔现象。大自然中，被云层遮住的阳光透过云层后可能散发光束，或是清晨在茂密的树林中，常常可以看到从枝叶间透过的一道道光柱，这些也是丁达尔效应。因为云、雾、烟尘也是胶体，只是这些胶体的分散剂是空气，分散质是微小的尘埃或液滴。

4 逆光——清新与浓烈

逆光小清新人像需要用大光圈拍摄，在默认曝光值基础上，加曝光一到两档，这样保证人物曝光正常，背景略微过曝，通过后期把过曝的拉回来。

太阳落下去之前的最后那段时间夕阳特别美，但是时间也很短暂，所以需要提前选好地方，抓紧时间拍摄。

太阳落下去后，如果有美丽的云彩，可以拍摄剪影。剪影拍摄需要减曝光，不过值得注意的是，侧面轮廓不大突出的同学，拍摄近景侧面的剪影可能效果不大好，所以作为摄影师要善于发现每个人的最美角度。

5 静物怎么拍

静物的特写，建议用 50mm 标准镜头拍摄，如果是拍摄美食，45 度左右的角度拍摄，可以使用大光圈。不要大到 1.4 这种光圈，因为光圈太大又会损失太多物体的细节。所以通常拍摄 45 度角的静物，我会使用 2.8 左右的光圈。

如果是俯拍角度拍摄物品，一定要让相机与桌面平行，同时需要调整光圈，尽量小光圈，景深大，将一个桌面的物品都拍摄清楚。

1. 仔细斟酌构图取景

人物摄影的基本取景手法（景别）分为全景、中景、中近景、近景、特写等。出门旅行，在风景如画的地方，建议大家可以多多尝试全景拍摄。风景画面里，如果能够把人作为点缀，可以给画面带来生动与灵气。人物在画面里的比例不大，但是又能与画面融为一体。这样拍摄旅行照不会显得“到此一游”，既有景又有人。任何景别的照片，

构图的第一要求就是画面简洁，大景别对画面干净的要求更甚。所以环境人像更适用于风景与场景本身够优美的地方。

2. 小人物，大场景

这种照片差不多就是我们所谓的意境！主题不是突出人物，我们的目的是突出景！突出旅行的意义！还有个好处是，你在画面里翻个白眼、吐个舌头、闭只眼睛估计都不会影响画面的美感。因为远，看不清表情，哈哈哈。

提示：拍摄环境人像，请不要使用大光圈！你用大光圈把背景都虚化完了，还拍啥环境呢？

3. 选择柔和光线拍摄人像

人物的肤色相当地重要！脸上出现不适合的阴影绝对会丑化你。如果在光比较强的环境拍摄人像，比如大晴天的正午时刻，直射头顶的阳光就会造成人物脸部强烈的明暗对比，产生阴影和高光。太阳直照会在眼窝处形成一个三角形阴影，被拍摄者的眼睛面对那么强烈的阳光也睁不开。这种环境下，特别又想拍，怎么办？！没有闪光灯没有反光板那就储存 Raw 格式，这样就保留了很大宽容度，在后期修改时减少高光，增强阴影暗部光线来减小光比。或者多拍大场景、小人物的图片。这样不以突出人物面部的环境人像照片，也不会让观众特别留意到人脸上的光比。

7 人物背景的精心斟酌

旅行时，不可能任何环境都是浑然天成的一幅画！有时候很容易出现人山人海的状况或者有的场景有些杂乱，我们得尽量避开杂乱的背景，让画面看起来干净。如果实在避免不了（如热门景点，你应该没那能力清场吧），这个时候我们可以使用长焦与大光圈来虚化背景，突出人物。

←左边同一个场景，上图用了35mm，下图使用了135mm，是不是135mm长焦拍摄出来的画面效果更具有美感。

另外注意人物后面不要长出一棵树或者一朵花。→

8 抓拍与小道具，谁用谁美和自然

大部分的时候我们都是在摆拍，只是在摆拍中进行抓拍。被摄者不一定要直视镜头，眼神不看镜头的照片能营造出一种抓拍的氛围，显得比较自然，虽然其实还是摆拍。

善于发现身边的现有道具，能够让你的照片从游客照升级一到两档，手里有东西玩，模特自然会放松一些，拍出来的照片给人感觉也比较自然。

随身的一些配饰也能在关键时刻发挥拍摄功效，草帽最基本的作用是遮阳，除了遮阳它还能作为一个拍摄道具。

围巾除了其本身搭配作用外，也可以利用它来作为拍摄道具。脸圆的同学除了可以考虑从拍摄角度以及后期 PS 来拯救外，也可以用围巾或者手或者一些头发来遮住一部分脸。

9 利用前景制造梦幻效果

利用前景也是拍摄常用的一个技巧，前景一般选择树叶或者花朵。但注意前景的位置不要把重要的人脸给遮住哦。所以需要调整人脸的位置。并且要达到虚化前景，光圈至少 2.8 甚至更大光圈，焦距是越长虚化效果越梦幻。

↑ 12mm 的虚化效果，由于焦距限制，景深比较深，因而虚化的前景看上去也比较实。

↑ 35mm 焦距的虚化效果。

↓ 135mm 的虚化效果非常地梦幻。

10 人物表情与动作

回眸一笑，必杀技哦！妹子们学起来。不经意地回头一笑，比正面一直冲着镜头笑自然很多。让帮你拍照的人在拍摄时喊一声“ 回头”。你就负责转个头美美地对着镜头笑一个。不擅长摆 Pose 的平时多看看自己喜欢的照片并收藏起来，关键时候学几招。

11 衣服搭配的重要性

旅行前会根据去的国家提前搭配准备着装。每个国家和地方的建筑风格与风景不一样，为了呈现出自然融合环境的旅行照片。提前花功夫搭配衣服这个过程可不要偷懒哦，如印度、尼泊尔这些民族风格本身就强烈的地方，可以带一些颜色跳跃的具有民族风的衣服，但是颜色搭配需要根据现场环境来调整。并且可以

在当地购买民族服饰，穿上纱丽留影拍照，感受当地人文风情。

在日本北海道适合拍摄清新风格，所以一些森系清新的服装跟场景会比较搭。

而日本京都的街道和建筑都保留了很多日本传统风格，特别适合租一套当地的和服来拍照。

如果去沙漠或者大海这些地方，可选择飘逸并能随风吹起来的服装，在海滩边可以穿长裙，而我去沙漠的时候特意带了墨绿色的长风衣，提前在脑海里想过自己想要的画面风格是大漠里倚剑走天涯，就差带一把剑了！

由于行李箱空间有限，并且旅行过程中还会买很多东西带回家。所以我的旅行着装另一个法宝就是围巾配饰啦！带几条不同颜色风格的围巾、披肩和容易收纳不怕挤压变形的帽子，有时候同一套衣服，换一个配饰也会有不一样的感觉。

二、摄影进阶篇

人文摄影——那些旅行途中遇见的人

我喜欢记录旅途中那些陌生人的脸庞，相比旅行风景，更爱人文摄影。它传达了人物的思想与感悟。我们能够通过人文摄影反映具有地域性的人物以及当地的自然环境、居住环境、宗教信仰等。一切旅途中的所见所闻、所思所悟，利用摄影的这一特性将它们记录下来，而摄影者要如何记录这些东西来表达展示给观众是最重要的。选取什么样的摄影视角，与摄影师个人的综合素养、悟性、个人喜好、心灵情感等因素息息相关，也可以说是拍摄者思想的体现。旅行人文摄影需要反映人与社会的关系，但也不拒绝形式感和趣味性，抓时机、找位置，会预判、善等待，才能展现出旅途中的精彩。

拍摄人文摄影的小建议：

1. 提前了解当地文化风俗，心里有数

A 了解旅行地的一些特色与风俗习惯，并且特别要注意当地的一些禁忌，防止拍摄影响到当地人生活。必要时我会用长焦拍摄，长焦拍摄由于距离较远，能让被拍摄者卸下防备，呈现一个自然放松的状态。

B 越是生活化的场景，越能真实反映当地人的生活与状态。我喜欢去当地超市和菜市场观望他们的生活。如果想要以最自然的视角去拍摄一个陌生城市的风土人情，最直接的方式就是去小街上逛逛。行走在陌生的街道上，融入其中，感受当地的风俗文化。

2. 静下来，带着幸福的心去拍摄

抛开浮躁，放慢脚步，静心去感受在路上的风景与人。如果想要有一场属于自己的旅行，尽量还是自由行，有更多的时间停留拍摄。

3. 观察与等待，随时做好准备，拍下精彩瞬间

A　寻找有强烈地域特征或者国家符号的地方，在这些地方更容易拍出旅行感。

B　为了拍摄旅行人文照片，我习惯在喜欢的地方等待，一边观察搜寻目标一边等待合适的人物出现。并且要有一定的预判性和敏锐度，对相机操作一定要熟练，你才能在合适的人物出现的那一瞬间立刻抓拍下来，因为精彩的瞬间会稍纵即逝。使用小光圈，因为你可能随时举机

拍摄，来不及准确对焦，较小光圈能确保主体在景深范围中，令清晰的范围较大；在光线不足的情况下，再加大光圈或者提高感光度。

C 火车上、汽车上，透过车窗看到的风景同样美丽。我在旅程中很多照片也是在火车、汽车上拍摄的。值得注意的是，在这些移动交通工具里面拍摄时需要较高的快门速度，车辆是在运动，如果快门较慢，拍摄出来的照片就会虚掉。

以自然风光为主的地方旅行自驾，更多时候我会使用长焦镜头拍摄，通常快门速度至少 1/1600 秒以上。如果是拍摄风景照片，一般光圈能小则小，这样拍出来的风景照片细节层次比较丰富。

但有时候车窗外的光线很暗，iso 已经调到较高的数值，为了保证快门速度，在行驶的车辆里使用长焦时，快门速度得至少快于 1/1600 秒以上，就不得不调大光圈来提高快门速度，只有牺牲一些风景细节。

4. 抓住人物内心，用照片讲故事

眼睛是心灵的窗户，透过眼神能够看到人物内心世界。喜怒哀乐、悲伤忧郁等表情都能透过眼神展现。尤其人文人像照片，眼神对于一张照片来说至关重要，除了眼神还有表情与动作，也能够表现出人物的想法。

5. 巧妙利用光线与环境

摄影，源于希腊文中的两个词“光线”与“描写”。画面是通过摄影镜头用光描绘出来的。光线分为硬光与软光。我们根据拍摄题材选取利用不同质感的光线，硬光通常适合表现建筑物结构与线条或是硬朗风格的人像，突出人物的坚毅。软光较为柔和，更适合拍摄糖水人像片。

右图拍摄时间为下午 2 点左右，此刻太阳角度位置较高，光线较硬，利用硬光与建筑结构投影产生的线条切割画面，同时能刻画出人物特质。

人与自然环境不可分割，相辅相成，如果把人物放在环境中进行拍摄，更能烘托出氛围。

6. 卸下防备，与人交流沟通

想要拍摄到自然的人文照片，除了前面讲到的用长焦偷拍之外，还有一个好办法是与当地人交流，首先用微笑打动他们，尝试与他们聊天交流，在这个过程中用相机抓拍他们的瞬间会更加自然。当然可能会遇到不愿意被拍的人，所以拍摄之前先用微笑示意交流，就能知道他们对你有没有反感，再根据情况做决定。

三、摄影实践篇

带上相机，跟我一起去北海道拍照吧

讲了一大堆摄影理论，不知道你有没有吸收理解呢？接下来这篇文章，让大家跟随我的旅行线路一起实践操作并再来温习下摄影笔记吧！

当我第一次去北海道时就爱上了它，在那里邂逅了梦想中的生活场景，随后几年又如约去看望它。

北海道最有特色的季节是夏季和冬季。季节特征明显，冬季我们可以泡温泉、赏雪景。夏季的北海道则是呈现出田园风光之美，成片的花海与麦田。夏季赏花推荐北海道的富良野与美瑛，薰衣草花期一般从 7 月中旬开始，差不多 7 月底结束，而向日葵差不多会在 8 月盛放。薰衣草、向日葵、金黄麦田和彩色花海，随处一拍便是美景。当然美景美照也是需要你用心去发现与拍摄，以及需要一定的后期处理。

夏天的北海道色彩丰富，适合拍摄旅行人像的场景很丰富。冬季到北海道拍摄风景可能容易审美疲劳，拍来拍去都是雪景，只有一个色调。但是冬季的北海道很适合拍摄人像，雪地的反光形成了天然反光板，人的皮肤仿佛被自动磨皮，拍摄出来的人像皮肤很通透。但我们需要牢记，雪地里拍摄，一般曝光需要自己加一到二档的曝光补偿。因为相机处于一个亮白的光线环境中，会智能地认为光线太亮而偷偷地减曝光，导致拍摄出来的雪景显得脏暗而失去了雪白纯净世界的

本相。因此我们在雪景里拍摄的时候，往往需要加曝光补偿。

北海道是以自然风光为主，并且大部分都是广袤的场景，因此一只长焦镜头是必需的，长焦镜头可以拉近物距，截取最精彩的风景。它能够压缩远处与近处的空间，拍摄出来的画面紧凑，如果用长焦拍摄人像，背景虚化效果比短焦拍摄出来的更梦幻。另外一只必备的镜头则是广角镜头，24－35mm的焦段在室内、酒

店或者风景优美的地方可以拍摄环境人像。

同样的一个场景，我们用不同的焦段或是从不同的位置角度去拍摄，会产生不一样的视觉。如果你有充足的时间，遇到很喜欢的场景。可以尝试着变换位置，拍不同角度的照片。这片向日葵花海是在美瑛偶然遇见的，在这里变换拍摄角度位置，可以拍摄到完全不一样的照片。

在拍摄风景的时候，我们需要留意下画面构图，尽量不要对半切。避免出现天空和地面各占画面二分之一的情况，同时水平线要端直。纯风景拍摄时尽量让地平线与画面上下两端保持平行。

比如下图稻草远方的线条本身接近水平，因此相机里望出去的画面是需要与取景框的上下两边保持平行，并且如果想要拍摄端端正正的构图效果，摄影师需要站在正中间的位置去拍摄，而不是站在画面左边或者右边拍摄。

如果不是单单拍风景，而是拍摄环境人像，我们可以容许地平线微微倾斜或者倾斜得比较夸张，这样可以让人显得活泼。下图是在同一个场景，取景方位发生了改变，摄影师在画面右端位置，远处的水平线变斜。

又比如这张，后期修改时，我在原本微微倾斜的基础上又旋转加强了倾斜，配合动态奔跑姿势活跃画面。但是这个方法慎用！需要看具体的场景。

一般晴天的最佳拍摄时间是日出日落前后，旅行拍摄中没有那么巧的时间让你刚好在日出日落这些光线好的时候遇到好看的风景，有时候我们遇到优美的风景但太阳的角度位置却不是很合适，比如拍摄时间如果是11~12点，太阳位置在头顶，光比很强，并且会在人脸上产生很明显的投影，尤其是在眼睛下方很容易形成三角形的阴影区，在这种光比强的环境下又想拍照，我们怎样才能扬长避短呢?

① 如果没有闪光灯、反光板这些设施，那么拍摄的时候选择储存raw格式，让照片保留最大的宽容度，在后期修改时我们减少高光，增强阴影暗部光线来减小光比。

② 光比强的时候，我们可以多拍大场景小人物的图片。这样不以突出人物面部的环境人像照片，不会让观众特别留意到人脸上的光比。大家首先会感叹，景色真美！接着视线转入模特，人物真美！其实放大看，这个时候拍出来的人脸光线往往都是不尽如人意的。

之前提到过区域光，被称作风景照中的画龙点睛之笔。根据我的经验，在北海道美瑛地区只要有多云天，出现区域光的概率就很大。一部分的阳光被云层遮住，一部分的阳光透过云层。与直射阳光相比正好削弱了一部分光线，形成了一种有明暗层次的光，照射在地面上。如下面几张图，部分光线由于被云层遮挡，因而形成了由明到暗的过渡。

草地颜色由于受区域光的照射而形成了由浅绿到深绿的渐变过渡。

我们前期拍摄尽量一步到位，但有时候由于器材或者现场环境局限，照片可能需要进行后期剪裁。因此，为了保证后期剪裁时不破坏原始画面的主体，我们在前期拍摄的时候尽量留足空间，不要让画面太拥挤。

←这张图利用区域光线，通常区域光会变换移动得非常快。我们可以等到光线移动照射到关键物体上时再按下快门，正好利用光线加强画面主体。前期拍摄时，四周尽量保留一定空间，不要构图得过于紧凑！否则当你觉得画面有不合适需要后期剪裁时，一不留神就会剪到关键物体。

←如图所示，由于我无法再靠近画面主体，面前就是一道坎，并且焦距已经是我最长的焦段。我认为拍摄出的画面左下区域的电线杆特别影响画面，在前期工作已经尽力无法弥补的时候，就得借助 Photoshop 进行后期剪裁。裁掉那些影响画面美观、与主题关联不大的物体，于是得到了下面这张图。

Le Bistrot d'à
オススメメニュー

MAISON Fondée
té
en 1995
RICARD

四、摄影服装搭配篇

带上 mini 衣柜去旅行

如果你喜欢的旅行照是千篇一律的自拍或是大头写真照，基本可以跳过不看这篇啦。因为这样的照片根本看不出是在哪里旅行。没有环境衬托，或是虚化得只看得清你自己的照片，体现不出旅行感好吗？大头写真和环境人像才是旅行照片的正确打开方式。

旅行人像，我更喜欢“不要脸”的照片，俗称“找你妹”风格，削弱长相在画面里占的比重。通过人物的服装、表情、姿势和环境相互烘托映衬以传达情绪。

首先请把握以下四大主旨：

① 不要一说到要去西藏、青海这些地方就想到冲锋衣！

去青海、西藏旅行，你让我穿冲锋衣我就哭给你看。

去冰岛、新西兰旅行，你让我穿冲锋衣我就哭给你看。

去意大利、希腊旅行，你让我穿东北大花裤我就哭给你看。

去零下 30 度的新疆旅行，你不让我穿羽绒服、棉毛裤、秋裤我就冻死给你看。

不是说不能穿冲锋衣，而是一般人很难 hold 住冲锋衣，要把冲锋衣穿出拍时尚旅行大片的感觉，对摄影师和模特的考验和要求都相当高，如果实在不得不穿，可以在拍照上镜的那几秒尽量远离冲锋衣，不要轻易挑战它。

差点丑哭的冲锋衣、冲锋裤上场（右图），分分秒秒变路人。新西兰冰川徒步必须穿戴景区提供的装备，不过好在这种环境可以让我伪装成科考队员在那认真地研究记录冰川。既然穿着冲锋衣出镜，Pose 还是需要考究一下，捂脸、娇羞这些表情完全不适合此套装备哦！

② 旅行穿搭的衣服，必须和你拍照所处的环境协调。

当东北大花裤出现在圣托里尼蓝白教堂或是阿尔贝罗贝洛圆锥石顶屋 Trulli 之中时，会撞击出浓烈的乡非气息。当超短裙、性感夜店风的连衣裙出现在尼泊尔、印度的街头时，画面太美不敢想象，等着哭吧。这些不同风格的衣服得出现在合适的地方才不会出现穿越感。

③ 通常穿得不臃肿更上镜。

大部分时候上镜的衣服都是春、夏、秋装，而在冬季和寒冷地区基本会裹得像粽子。保暖是必需的，零下几十度冻死、冻坏了得不偿失，但可以在羽绒服棉袄里面穿好看的衣服，拍照那几秒脱下来。所以不要看到别人大冬天的照片里只穿了一套春秋装再明知故问你不冷吗。冷，当然冷，就冷那么一分钟而已。

④ 扬长避短。

你丑我也丑，你胖我也胖，你矮我也矮，你头大我也头大，你黑我也黑。虽然咱们没有那些天生丽质，我会 PS、磨皮、美白、拉高、液化大法！我会搭配衣服色彩！我会拍“找你妹”“不要脸”照片！我会把最好看的角度给镜头！总之想尽一切办法，缩小缺点，放大优势，借助 PS 大法，让照片好看。

最后！别抱怨男票的拍照技术烂，别羡慕其他妹子有个会摄影的男票啦！自己会拍照，和关系好的闺密一起旅行互拍是最合适不过的，因为大部分不喜欢摄影的男生会很烦躁、很疑惑女生咋这么爱拍照。

接下来，我将从摄影师的角度和大家分享服装好看上镜对于旅行照片有多重要！不好看的衣服，摄影师会嫌弃地按不下快门哦。当然衣服搭配跟我自己平时穿衣喜好有很大一部分关系，我跟喜欢复古或是清新日系风的姑娘们更对胃口。我本身不大能 hold 住长欧美风的着装，因此这部分风格的穿衣在以下示例中几乎缺失。

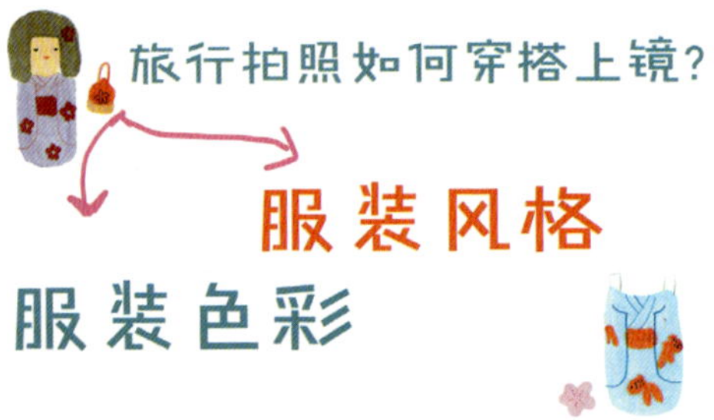

本篇分为两部分，服装色彩与服装风格。

Part 1 服装色彩

1. 旅行穿衣，色彩搭配的重要性

我们旅行穿衣拍照不单是整套衣服颜色得搭配和谐，衣服与拍照的背景颜色也需要搭配选择。

2. 色彩分类

① 咱们将颜色大体分为冷色、暖色、中性色

冷　色：蓝色、青色等

暖　色：红、橙、黄等

中性色：黑、白、灰、绿、紫

我们先看看这个色彩表。

下图里我最常用的色彩搭配是互补色、对比色、近似色。

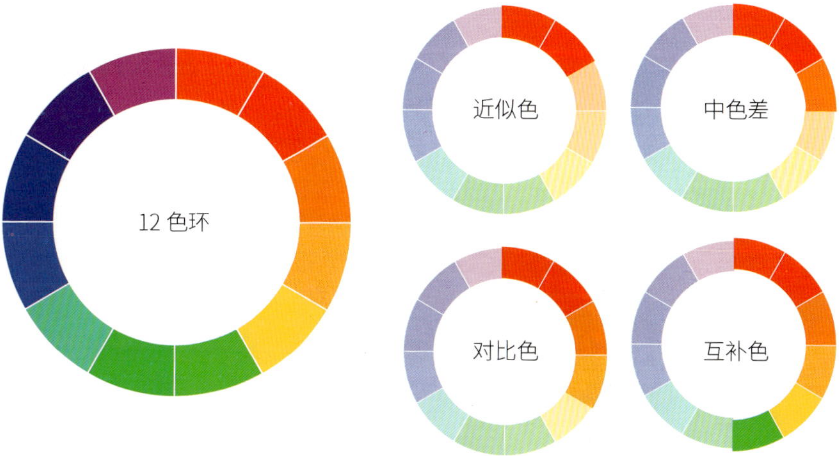

② 常用颜色搭配法则——对比色系 & 同色系

从我平时拍照喜欢穿的色彩搭配法则里提取出来一些惯用的颜色搭配法则。

注意！这个配色不单单是衣服，再次强调咱们背景也是色彩的一部分哦！我将服装色彩搭配分为两大类：对比色／互补色和近似色／同色系。

A. 对比色／互补色（差不多就是冷色与暖色搭配的感觉）

a. 黄色 + 蓝色

黄色特别上镜

大面积蓝色背景

＋

小部分黄色外套

整体蓝紫色调配上黄色外套

黄色的腰封与蓝色的和服形成对比色 ▲

你可以预估一下，比如我今天主要想拍银杏树，就穿蓝色跟黄色搭配的一套，跟金黄的树叶呼应下。比如我今天最想拍的景是蓝蓝的湖，那也可以穿黄色。

b. 玫红 + 宝蓝 / 蓝

这个配色比较大胆，色彩跳跃。此配色服装可以出现在背景大面积为白色的地方，因为玫红色本来就有点耀眼了，你要再来个大红色的背景是想怎样呢！

◀ 服装关键词：玫红色围巾＋宝蓝色长裙

c.红+绿

不是让你把自己穿得像圣诞树那样，一半红色一半绿色。

biubiubiubiu！看！圣诞树就是长这样的

名副其实的圣诞树！

我们可以穿红裙子配黑、白、灰三色中任意一色的上衣。如果你穿着红色连衣裙，拍照背景就需要慎重挑选，绿色背景是一个不错的选择，或是绿色上衣配红色背景。我们去看红叶之前总知道拍照背景会是大面积红色的咯！要是看红叶，还穿着紫色的一身，拜拜啦！红色的衣服配红叶，也不是不可取，如果你能恰到好处地将红色穿出颜色层次，和背景红叶的红色形成不同色彩层次，并利用冷色的小配饰缓和整体浓烈的红也会出彩。不过还是有点担心一身红被淹没在红叶背景里面，凸显不出来。所以稳妥的话还是运用红配绿的对比色系。

▼ 墨绿色的毛衣+红叶

▲ 乱入的尼泊尔妹子，为了展示红配绿。

d. 墨绿＋橙色（藏蓝＋橙色）

上图人物衣服与围巾出现了墨绿和橙色，正好点缀了单一的白色。

▼ 人物服装为大面积绿色，与橙色墙壁形成对比色。

真正的“找你妹”“不要脸”照片登场，墨绿色服装搭配橙色、蓝色背景。去沙漠之前请先脑补一下沙漠的颜色，这些都是出发前整理衣服时需要做的准备工作。

e. 藏蓝＋橙色

类似配色：姜黄＋牛仔蓝

B. 同色系／近似色

服装搭配的色彩可以采用一个色系，但是整套服装的色彩最好能有深浅层次。

比如我喜欢蓝色，从浅蓝到深蓝，穿一套蓝色，并且整套服装有一定的色彩层次差。

a. 蓝色系

整套衣服不同的蓝色，配合蓝色的背景，让冰河世界更加干净纯粹。

要是拍照时穿得看起来很臃肿，可以在上镜的那几秒把厚厚的外套脱掉。

顺便说说，围巾配饰真的很重要！如果这么纯净的色彩里，全身又是一身蓝，出现一个特别跳跃的色彩反而不和谐，如左图。

b.棕色系

我们来观察下衣服与背景，是红色、咖啡色、棕色等一个暖色系出现在画面里，不同层次的相似色让画面色彩有了层次。PS：树叶原本是绿色，我调得比较黄为了配合深秋主题。

c. 白色系（米色）

一整套衣服是米白色系，这样的颜色很适合在大面积绿色背景里出现。想要清新风格的照片，着装选择白色系或是米色系配合绿色背景，一般都不会出错。

C. 中性色

黑、白、灰可以跟任意一个颜色搭配，都挺和谐。比如当你不知道绿色或是蓝色裙子搭配什么颜色的上衣时，白色上衣准没错！

以下是我常用的中性色+冷色/暖色的配色方案：

绿+白、红+白、蓝+白这三组配色用得很多，色彩非常简单并且不会轻松地被背景颜色压制住，能适用于挺多场景。

a. 绿+白

可以一身绿配上白色背景，而不局限于绿裙子+白上衣。

b. 红 + 白

这个配色有非常强烈的视觉冲击力。

如果是去雪地旅行，红色的服装配上雪地非常亮眼。我们的喇嘛和觉姆模特就演示了这种震撼的效果。

c. 蓝＋白

有我最喜欢的蓝色，怎能不爱这个配色呢。

d. 灰色 + 米粉

我觉得很高级的一种配色！瞬间能让粉色提升质感。

▼ 樱花的粉配灰色风衣

至于中性色黑色，这个颜色我拍照的时候很少穿。如果非得穿黑色，可能也不会穿全身黑，衣服可能是大面积黑色再用其他颜色做点缀。如果你的衣服是一身黑，可以用其他颜色的丝巾、小包、腰带等配饰来点缀，让黑色不那么沉闷。

Part 2 服装风格

了解旅行目的地的风景与建筑风格，认真准备适合该地方风格特征的衣服，这样能更好地在照片里让自己跟当地融合。我们可以出发前准备一部分衣服，在当地时间充足的话还可以现场购买。

1. 海岛风

海岛应该是大家经常去旅行的一个类型目的地。海岛风格不一，有唯美的沙滩，也有孤寂苍凉的悬崖礁石海岛。

A. 柔美系的沙滩

长裙最佳！不擅长颜色搭配的，纯色的长裙最稳妥！白色、米色、浅粉、薄荷绿等单色长裙都没有问题。如果喜欢彩色一点的，有鲜艳花朵的长裙也 OK，但是注意衣服本身的配色好看与否，花朵有没有过于艳丽、过于 low。

错误示例：

当年去沙巴时，出发前偷懒了，没有精心准备衣服。随意买了一件民族风的连衣裙，拍照出来效果就打了折扣。如果有花朵，换成色块花朵大一点而不是像我这件碎花色彩太分散凌乱的，简直不能近看的衣服。

总之，这种唯美的沙滩边，穿得女孩子一点拍照会更好看。

穿裤子衬衫在海边会是啥效果，我来亲自示范一下。

长滩岛，虽然衬衣颜色跟背景蓝色很衬，但是风格有点不那么融合。

B. 苍凉孤寂神秘的礁石悬崖海岛风格

在冰岛，这样的场景很多，小伙伴熊如花当时穿了一件带帽长大衣，跟场景很配，酷酷帅帅的。

我是乱入的小清新。一出现在这里，立马把环境变成了放羊的牧场。▲

2. 民族风

以下是我去过比较有强烈民族地域特征的地方，我们可以在当地购买民族特色服装，并且这种民族服装最好能配合有当地特色的建筑或者街道。

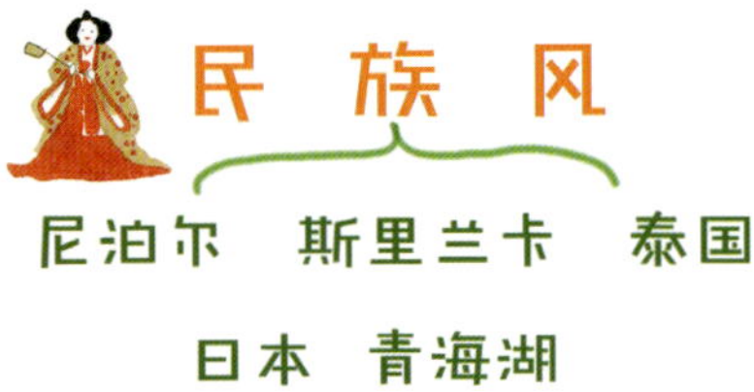

A. 日本

日本的和服浴衣是他们的传统服饰，如果在北海道的乡间田园里穿和服，并不是那么搭。而在京都这样满是寺庙与日本古建筑的地方，穿浴衣会和环境很好地融合。

注意下图配色，蓝色浴衣＋黄色腰封＋红色伞搭配橙色/橘红色千鸟居。这是我提前准备好带过去的服装与道具，来默念三次这个配色“黄红蓝”。

日本的樱花时节，穿着浴衣赏樱。同样请注意和服浴衣的颜色，因为樱花大部分都是很浅淡的粉色，所以我选择了淡蓝＋淡粉的浴衣，和背景淡淡的樱花融合。

服装配色：粉蓝＋浅粉

樱花属于暖色系，我想要冷色与暖色对比，所以帮小伙伴挑的也是冷色系的浴衣搭配暖色花。

服装配色：藏青蓝＋深桃红

B. 斯里兰卡

印度、斯里兰卡、尼泊尔的传统服饰都是纱丽。以前在尼泊尔没有买纱丽穿，所以到斯里兰卡下定决心要穿一次。当场购买的纱丽都是没法量身定做里面的短衫，只得穿最简单的 T 恤。我在斯里兰卡购买了两套纱丽，第一套选了宝蓝色渐变的纱丽，卖衣服的大哥一直推荐让我买蓝色的内搭。那样穿起来好像蓝精灵！所以还是以万能百搭的白色 T 恤作为内搭。

C. 尼泊尔

尼泊尔人民对色彩非常敏感，他们用色大胆，那里的地域环境和民族风、色彩跳跃的服饰很搭。我对尼泊尔的穿衣经总结为两大类：当地特色民族服饰纱丽与色彩跳跃的私服。

a. 当地民族服饰——纱丽

我在尼泊尔没有购买过纱丽，倒是拍过不少当地穿着纱丽的妇女。大部分都是颜色鲜艳的布条裹成的裙子，上面搭配的衣服倒没有那么多讲究，她们日常穿着的纱丽不算太正式。冬天比较冷的时候，她们会在纱丽外面裹上围巾。

尼泊尔购物提示：类似下图这样的围巾，尼泊尔当地有卖，羊毛含量高的几百元左右，没有含羊毛的二三十块就妥妥搞定，我买了两条混色的大围巾（很大一块才 30 元）和一条绣花羊毛围巾（600 元），它们后面会出镜啦！

当地人穿搭示范，下面这套配色其实挺美的呢！

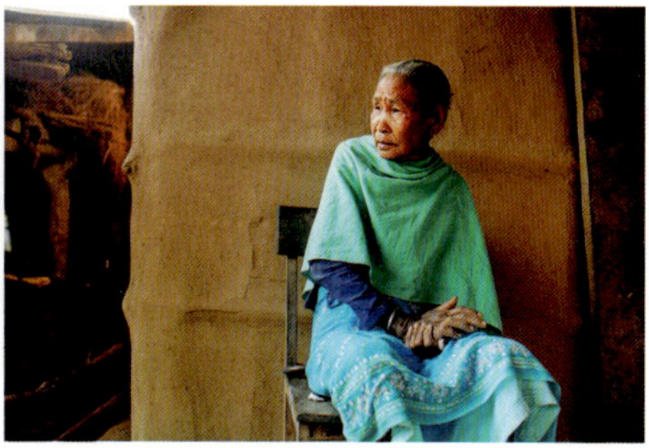

b. 色彩跳跃的私服

服饰关键词：色彩明快、纯色单品

色彩明快跳跃的服装并不是说单品需要有很多种色彩。搭配率最高的单品其实还是单色服饰，如一件百搭的白色上衣、一条颜色饱和度高的纯色半裙，以及我最爱的搭配利器——配饰（围巾、手套、帽子、羊毛毡）。

服饰篇

我们需要根据季节决定服饰，我去尼泊尔的时候是冬季，所以带的秋冬装。秋冬装最头大，因为带不了几件外套，只有尽可能地运用配饰把同样的上衣穿出不同套的感觉。之前内容里讲过白色是中性色，它很百搭。所以我带了一件白色的羊毛外套，裙子则准备了两条饱和度高的单色半裙——墨绿羊毛大摆裙+宝蓝雪纺直筒长裙。

为什么偏偏是上衣选白色，下装选墨绿或宝蓝，而不是裙子选白色，上衣选墨绿 or 宝蓝?

首先，行李箱就那么大，冬天外套塞不了几件！所以选一件百搭颜色的外套！白色与灰色是万能的且上镜！裙子占地空间更小可以多带，所以这里选择了多色半裙配合同一件外套，制造出不同的穿搭效果。

哦哈哈哈哈哈，我是挖煤的肤色再加上经常顶着太阳拍摄工作，甚至在香港飞上海的国泰航空飞机上被空乘问候“萨瓦底卡”。所以荧光色系的上衣、粉色上衣、橘色上衣从来不敢碰，其他颜色的上衣倒敢穿。这些我的禁区颜色换成下装可以随便尝试，上衣就需要用能与其协调的中性色或是暗淡的色彩来压制。总之，颜色过于鲜艳的衣服特别挑人。在尼泊尔，我敢披很花的桃红色绣花披肩，穿很跳越的宝蓝色长裙，因为上衣是中性色白色，能够冲淡跳跃的色彩。

白色外套+墨绿羊毛长裙（出发前准备）

看到满店都是羊毛毡物品，我当时简直要疯了。同行小伙伴都劝我干脆留在店里打工或者嫁给店铺老板，这样就能天天和羊毛毡在一起。

白色外套+宝蓝长裙（出发前准备）

这里我只用了几个颜色作为举例，大家可以根据原理“百搭色外套+高饱和度纯色半裙”，在出发前结合自己喜欢或是适合的颜色搭配准备着装。

PS：短款外套配长裙更显高哦！

民族风羊毛刺绣外套（当地购买）

在博卡拉的商业街，有很多卖羊毛刺绣制品的店铺。羊毛刺绣的围巾，重工的价格在 500 元人民币及以上。普通一点的约 200 元人民币。羊毛外套的价格略贵，最低 700 元人民币，不过关于价格我真的记不清了，可能会有误差，尼泊尔是 2013 年年初去的。我逛了很多家店，试了 N 件衣服，最终挑到了一件花色很喜欢的羊毛手工刺绣外套。

在尼泊尔就这几件衣服，多亏万能搭配神器——围巾、披肩拔刀相助，让我把几件衣服翻来覆去地穿出了不同的效果。

配饰篇

便宜的围巾，加德满都的泰米尔街区购入两条。一条围巾几十元，并且很大！可以随意裹。我们一起感受下，万能的围巾是如何拯救同一件衣服的。

颜色艳丽、做工精致的玫红羊毛刺绣披肩，博卡拉商业街购入，价格五六百元人民币。披上它，仿佛换了一套衣服。实际还是同一套。

D. 青海湖

也算是有比较强烈地域特征的地方，所以我去青海湖的时候差不多照搬了尼泊尔的穿搭。

说起青海湖，茶卡盐湖应该是一个必去的地方。我去过四次，其中两次是自己踩点看景，穿了不同的服装，对比以后还是更喜欢淡色系清新风格的服装配盐湖。大家自己感受一下咯。

E. 马来西亚

民族地域风格比较明显的地方，我主要用民族风的围巾点缀。衣服和裙子则是很简单的基本款，蓝色半裙＋白色 T 恤。

整套衣服看上去的大致主色搭配：橙色＋宝蓝＋白色。

F. 泰国

东南亚国家大部分是热情异域风，色彩鲜艳明亮。适合泰国的穿衣风格非常多，如波西米亚风、白富美大牌风、复古清新风、海岛风、民族风，等等。

所以泰国的穿衣风格严格来说也不能完全归入民族风这一个范畴。以下图片可能会有风格的切换，不一定局限于本章节下的民族风。换句话说，我能在泰国找到搭配不同风格类型服装的取景点。

色彩明快的复古连衣裙

夏天旅行多带好看的半裙！半裙搭配不同的衬衫和T恤。下图的彩色半裙属于田园清新风，拍照非常上镜。可以搭配薄荷绿衬衣呼应半裙上的绿色，或是万能的白色上衣。

▲ 清新淡雅+小小宫廷风的服装

我对背景很挑剔，为啥偏偏挑中这面墙？你们看看那幅画的配色，跟我穿的这身简直是绝配啊！樱花粉＋嫩绿的画配这一身的粉绿蓝。

当你穿着街头休闲风格的时候，请对拍照背景挑剔一点。选择破旧的店铺或街景可以与服装和谐搭配。

总之，拍照时挑选背景也要和服装搭。活泼风格的，我们就找轻松活泼的街景。上图的着装与场景搭配没什么问题，但如果能换一个风格与颜色的包，会更和谐。

3. 复古风

我喜欢 Vintage 的衣物，第一因为它们款式很特别不用担心撞衫，第二因为质量太好了！以前的衣服做工质量用料甩现在普通品牌衣服质量的几条街！更关键的是去 Vintage 店铺淘货简直是考验眼光和体力，充满了挑战性。有时候买到一线大牌的 Vintage 衣服简直是赚翻。

A. 花莲

位于台东，大部分建筑和街道都保留日治时期的风格。这里可以穿 Vintage 的服饰，也可以穿带有日式和风的衣服。

B. 台南

同样是复古的一座城市，穿衣风格文艺复古类型。

C. 京都

在京都古老的街道，除了和服和它们非常搭调，一些 Vintage 的连衣裙也能融入其中。

4. 清新风

在乡村田园或是草原森林环境中，森系清新风的服装非常合适。

通常我们风格清新森系的服装浅色系居多，米色、白色、淡蓝、淡绿等。比如白色棉麻连衣裙，如果想让服装色彩不那么单薄，可以搭配一条色彩美丽的针织披肩，但是披肩的设计风格也一定得是森系。

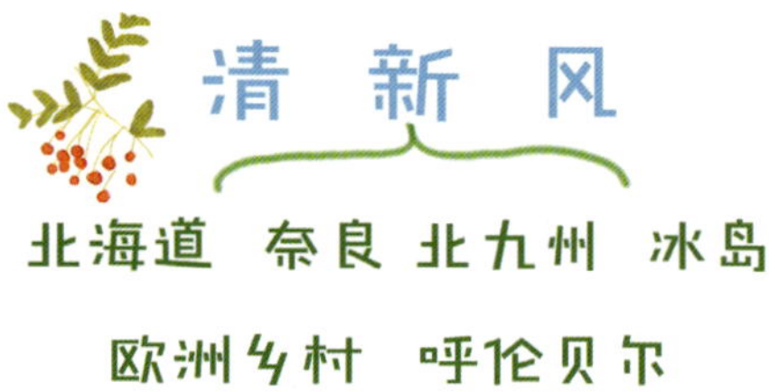

A. 日本北海道——田园清新风格（夏）

说起北海道，脑海里对它的印象用田园风光描述它最合适不过！夏天有花海，冬天有雪景。夏天我会准备田园风格的服装，这种有花花草草、大森林、绿草地、蓝天白云的地方，通常恬静、色彩干净清爽的连衣裙会更上镜。虽然和服是日本特色服装，但是在北海道的乡间小路上穿上它很不应景哦。

Tip1: 连衣裙配草帽，或是长半裙配白衬衣，着装材质尽量选择棉、麻，款式选择清新森系哟。

Tip2: 服装的颜色不要太鲜艳，尤其是半裙，尽量选择单色。如果服饰有小碎花图案等，也尽量选服装主色不那么鲜艳抢镜的！桃红色、橙色、红色等看起来有点不那么清新，身着这样色彩的服装在现场环境中就非常考验摄影师对背景色彩的掌控能力。因为场景本身的色彩就很丰富了，有很多花海。

小清新的万能搭配法则——白衬衣+牛仔半裙

日本其他一些城市，也很适合清新风格服装。比如东京、富士、北九州等有绿色植物的地方。

当然东京本身是一个很多元化的城市，能够容纳各种穿衣风格。所以清新风格也只是其中一种能够与其搭调的服饰风格，还有时尚潮、休闲街头等风格也跟东京很搭。

万能的牛仔裙配白衬衫，适合在东京的代官山区域。这一片区域有很多设计师品牌店，推荐去逛！

北九州阿苏火山口

米色纱裙＋棉麻娃娃衫

日本奈良

这里有小鹿、森林，3 月末 4 月初还有樱花。整个场景就是一个大写的“清新”。

为了呈现清新风格，并且让服装自然地与背景融合，选择仙一点的白色，或是淡雅的清新绿连衣裙。总之在这样的场景中，服装颜色尽量不要选择大红色或是橙色等视觉撞击强烈的。

B. 冬季北海道

北海道冬天主色调是白色，白色属于中性色，跟任何色彩都挺容易搭配。冬季可以准备各种颜色的大衣、围巾、帽子，大衣里面可以叠穿连衣裙或是毛衣等可以单独上镜的单品。

虽然各种颜色都 OK，但不要随意乱搭配颜色哦！如果你要去雪地里拍照，可以选择色彩明快的大衣或是毛衣。

我们再复习一下这个配色：玫红色＋蓝色 / 宝蓝色

跟上图一样的围巾、帽子、手套配置，换了一个颜色的毛衣，画面色彩又有了变化。

雪地里选择撞色搭配、同色系搭配都妥妥的，也可以选择黑白灰色系的大衣。

我喜欢照片里色彩丰富一些，所以每次去雪地都穿明亮颜色的大衣或羽绒服。

如果是黑、白、灰，尤其是白色大衣，在雪地里可能会被大面积的白色淹没，这个时候围巾等配饰就能帮上大忙。

C. 欧洲小镇的清新风格

欧洲的着装风格选择面很广，除了时尚街拍风、宫廷复古风，我依然没有放过喜欢的清新风格。

在去意大利南部 Vieste 小镇前，我查阅知道这个地方的建筑是以白色为主，想要清新风格的照片。所以服装挑选了清新风格，反正白色环境百搭啦！就看你自己更喜欢哪种风格。

淡蓝轻盈质感的上衣+白色音符短裙

当然也有那么一些时候，遇到喜欢的背景可衣服颜色却刚好穿得不那么合适。

在希腊的克里特小岛的哈尼亚街区，处处能见艳丽的三角梅。那天刚好穿了件红色星星复古衬衫，按理说这个色系搭配玫红色背景真的不好看。换上白色上衣一定会顺眼很多。

D. 冰岛

冰岛的场景很气魄也很独特，穿上硬朗帅气的风格会有种拍摄时装大片的感觉。然而我硬是把小清新风格发挥到了冰岛，我选择了白色的连衣裙作为内搭，连衣裙在旅行过程中很省事，一条连衣裙搭配不同披肩、上衣能穿出N套衣服的效果。在不同场景的时候，可能会换短毛衣配白色连衣裙或是披肩配白色连衣裙。

注意：包包也是一个点缀的工具哈！如果背了包，请务必让包的风格和衣服和谐搭配。

同一件连衣裙，换了外套后又是一身。所以旅行多带那种百搭利用率高的衣服，这样行李箱才能塞得下，何况还要出门买买买。

E. 呼伦贝尔大草原

米色纱裙又一次出现。但紫色衣服特别难搭配，整体来说并不满意这套衣服跟绿色背景搭配。

以上都是彩色的衣服配草原或是树林，但我个人更倾向偏中性色，如白色、米色和冷色的衣服搭配绿色环境。

5. 休闲风

在大自然里，如雪山湖畔、一望无际的沙漠、蜿蜒的盘山公路等场景，我更偏向穿着休闲风格的衣服拍摄出自然的旅行照片，除非你想要拍摄出另一种时尚大片风格范儿，那么你可以穿华丽的长裙等其他服饰。

自驾之旅，这么帅的一辆牧马人当然得配一套硬朗风格的行头。墨镜！装酷好道具。

怎样穿得帅气硬朗？衬衣＋牛仔短裤＋靴子／运动鞋／帆布鞋，衬衣不能太修身哦。

京Q·1F259

A. 沙漠

沙漠里有穿着连衣长裙的妹纸，她们拍出的旅行照片是另一种类似时装大片风格。我更喜欢浩瀚的沙漠搭配侠女风的衣服，有一种流浪气息，荒凉孤独。

所以选择了长款风衣，中性化的服装。

B. 新西兰

随处都能和大自然亲密接触，总是行走在美景中。摒弃了平时拍照喜欢穿的小清新风格服装，大部分是休闲风格。

服装关键词：迷彩、牛仔外套、衬衣

同一身衣服，换了配饰——围巾、帽子 ▸

6. 街拍风

这部分着装风格对我难度略大，衣柜里大部分衣服风格都是清新风。

街拍风

巴黎　伦敦　首尔　东京

A. 巴黎

说起巴黎，总会和时尚潮流与优雅密不可分。巴黎的建筑和伦敦有一拼，在巴黎人心目中也只有伦敦可以和它们媲美较劲了。如果去巴黎，服装风格尽量时尚潮流简洁款，碎花小清新跟巴黎的建筑街景很难融合。除了时尚潮流类型，宫廷风的着装也是个不错的选择。

一身颜色都比较暗沉，所以里面内搭穿了白衬衣，外面配饰用一个宫廷复古的红色包做点缀。

每次旅行，行李箱总会有一件白衬衣！原因很简单，它万能百搭。穿一件白衬衣，下面搭配纯色或是有花纹的半裙或是裤装总是不会错。

B. 伦敦（冬季）

冬季搭配出英伦欧美风不难，只要一件不那么花哨复杂的大衣就能穿出欧美街拍风。

14
Putney Heath

C. 首尔

首尔的街道比较窄，和香港、东京类似，街景拍出来很上镜。既然是街景，穿衣风格也当属简洁欧美风格更为合适。

D. 东京

前面说过东京是一个容纳各种穿衣风格的城市。街头休闲风格是其中的一种，可以作为穿搭参考哈。

有人感叹，为什么同样一个地方，别人拍的比我拍的好看很多呢？我认为以下几个原因都会造成照片差异：

① 走马观花，时间很赶。尤其是跟团或者坐观光巴士，大部分的时间都是坐在车上赶路，去的地方也都是游客集中的旅游点，基本没机会去探索还没有被开发的自然点。

② 天气因素。这一点特别重要！想要风景照片好看，尤其是北海道美瑛这种田园风光的地方，需要蓝天和白云的衬托，只有单单的蓝天也不好看。蓝蓝的天空和一朵朵的白云配合才美丽，云朵随风移动很快的时候还会形成区域光，特别适合拍摄风光片。

③ 构图取景，拍摄角度对照片的影响非常大。

④ 照片需要简单的 PS。本身景色很美的地方，稍微调节下曝光对比度之类，就可以让照片色彩变得丰富亮丽。

于我而言，摄影是表达内心世界的一种方式，已经成为了我生活的一部分。时光会从指间悄悄溜走，而影像是时光馈赠的礼物，我热爱摄影，我热爱记录当下的生活与状态，这些照片是送给未来的自己独一无二的珍贵礼物。

Pelephone
05:20
100%
NanC
旅行路书
摄影旅行
逛吃逛吃
扫我